능청맞은 고양이와
동물 농장

2

LES CONTES DU CHAT PERCHÉ
by Marcel Aymé

능청맞은 고양이와 동물 농장

2

마르셀 에메 지음
김경랑 · 최내경 옮김

문학과
지성사

능청맞은 고양이와 동물 농장 2

제1판 제1쇄 2022년 3월 3일

지은이 마르셀 에메
옮긴이 김경랑 최내경
펴낸이 이광호
주간 이근혜
편집 홍근철 박지현
펴낸곳 ㈜문학과지성사
등록번호 제1993-000098호
주소 04034 서울 마포구 잔다리로7길 18 (서교동 377-20)
전화 02) 338-7224
팩스 02) 323-4180(편집) 02) 338-7221(영업)
전자우편 moonji@moonji.com
홈페이지 www.moonji.com

ISBN 978-89-320-3979-4 04860
978-89-320-3977-0 04860(전2권)

능청맞은 고양이와 동물 농장 2

차례

능청맞은 고양이와 동물 농장 1

차례

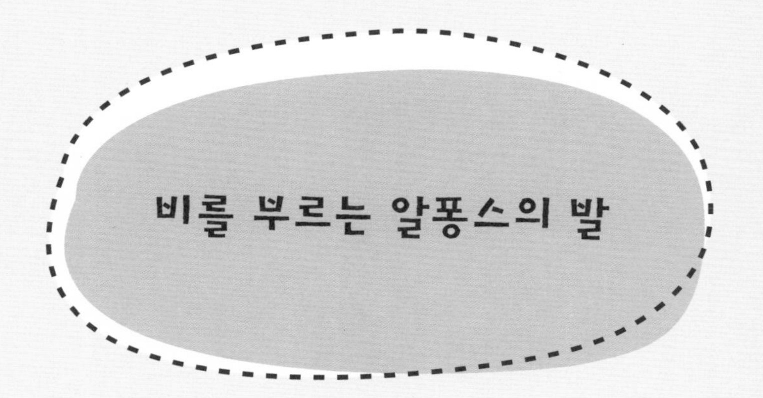

비를 부르는 알퐁스의 발

일러두기

1. 이 책은 Marcel Aymé의 *Les contes du chat perché*(Gallimard, 1973)를 우리말로 옮긴 것이다.
2. 인명, 지명 등 고유명사의 외래어 표기는 국립국어원 외래어 표기법에 따랐다.
3. 이 책의 각주는 모두 옮긴이 주이다.

어느 날 저녁이었어요. 엄마 아빠가 밭일을 마치고 돌아오다가 우물 돌담에 올라앉아 열심히 몸단장을 하고 있는 고양이를 보았어요.

"이런, 저 녀석이 발로 귀를 비비고 있네. 내일도 비가 오겠는걸."

다음 날이 되자 정말로 하루 종일 비가 내렸어요. 이런 날 밭에 일하러 나간다는 건 생각할 수도 없는 일이죠. 밭에 가기는커녕 집 안에 꼼짝 못 하고 갇혀 있게 되자 짜증이 난 엄마 아빠는 언짢은 마음에 공연히 두 딸에게 역정을 냈어요. 언니 델핀과 금발 머리 동생 마리네트는 부엌에서 낱말 맞추기, 인형 놀이, 여우야 뭐 하니 놀이를 하며 놀고 있었어요.

“다 큰 여자애들이 어째 하루도 빠지지 않고 온종일 놀기만 하니? 열 살이나 됐으면 이제 바느질도 배우고 알프레드 삼촌께 편지도 쓰고 할 것이지, 너희는 놀고 장난치는 것 말고는 하는 게 아무것도 없구나.”

아이들에게 한바탕 야단을 치더니, 이제는 창턱에 앉아 비 오는 창밖을 구경하고 있던 고양이에게도 잔소리를 시작했어요.

“온종일 노닥거리는 건 네 녀석도 마찬가지야. 지하실이며 다락이며 할 것 없이 온 집 안에 쥐가 나돌아 다니는 게 안 보이니? 그렇게 게으름 피우지 말고 쥐라도 잡으란 말이야.”

“아줌마 아저씨는 맨날 야단만 치세요.” 고양이가 대꾸했어요. “낮 시간은 원래 잠자고 노는 때인걸요. 제가 밤중에 지붕 밑 다락방을 누비며 쥐 잡는 걸 보시면 그런 말씀은 안 하시겠죠.”

“요 녀석, 버릇없이 꼬박꼬박 말대답하는 것 좀 봐.”

그날 늦은 오후까지도 비는 계속 내렸어요. 엄마 아빠가 외양간에서 일하는 동안 아이들은 또다시 식탁 주위에서 장난을 치기 시작했어요.

"그만해 얘들아, 너희 그렇게 장난치다가 뭐 하나 깨뜨리겠다! 그러면 또 엄청 혼날 거야"라고 고양이가 타일렀어요.

"네 말만 듣다가는 정말 하나도 못 놀걸" 하고 델핀이 대답했죠.

"맞아, 알퐁스(아이들이 고양이에게 지어준 이름이랍니다) 말대로라면 하루 종일 잠만 자야 할걸?" 하고 마리네트가 맞장구쳤어요.

알퐁스는 더 이상 아이들을 말리지 않았고 델핀과 마리네트는 이제 부엌을 뛰어다니기 시작했답니다. 식탁 위에는 도자기 접시가 하나 놓여 있었는데, 이 그릇은 백 년 이상 대대로 전해지던 가보라 델핀과 마리네트의 엄마 아빠가 매우 애지중지하는 물건이었어요. 부엌을 뛰어다니던 아이들이 갑자기 식탁의 한쪽 다리를 잡고는 아무 생각 없이 식탁을 위로 들어 올렸어요. 그러자 스르르 미끄러진 도자기 접시는 타일 바닥으로 떨어져 그만 산산조각 나고 말았답니다. 창턱에 걸터앉아 있던 고양이는 놀란 나머지 몸이 얼어붙었고 차마 고개를 돌려 이 광경을 바라볼 용기도 내지 못했어요. 아이들 역시 너무 놀라 그 자리에 멈춰 선 채 어찌할 바를 몰랐죠. 얼굴은 새빨갛게 달아올랐고요.

"알퐁스, 도자기가 깨져버렸어. 이제 우린 어떡해?"

"얼른 깨진 조각들을 쓸어 담아. 바깥에 구덩이를 파고 묻어버리면 아줌마 아저씨가 눈치 못 채실지도 몰라." 하지만 안타깝게도 아이들이 미처 파편들을 치우기도 전에 엄마 아빠가 집 안으로 들어왔어요.

바닥에 흩어진 도자기 조각들을 발견한 엄마 아빠는 화가 머리끝까지 치밀어 펄쩍펄쩍 뛰었어요. 벼룩이라도 그렇게 펄쩍펄쩍 뛰지는 못했을 거예요.

"이런 사고뭉치들 같으니라고! 백 년이나 된 가보를 박살내다니! 아주 산산조각을 냈구나! 너희 같은 말썽쟁이는 세상에 둘도 없을 거다. 벌을 받아야 정신을 차리겠지. 놀이 금지는 물론이고 앞으로는 맨 빵만 먹도록 해!"

그러나 이내, 겨우 이 정도 벌로는 어림없다고 여겼는지 두 분은 잠시 상의를 하더니 의미심장한 미소를 띠며 아이들을 향해 말했어요.

"아니야, 맨 빵만 먹는 건 잊어버려라. 대신 내일 비가 그치면 말이야…… 흐! 흐! 흐! 멜리나 숙모님 댁에 잼 한 병을 갖다드리고 와."

하얗게 질린 델핀과 마리네트는 두 손을 모아 싹싹 빌면서 애원하는 눈빛으로 엄마 아빠를 바라보았어요.

"그렇게 빌어도 소용없다. 내일 비가 오지 않으면 멜리나 숙모님께 잼을 전해드리러 다녀와야 해."

멜리나 숙모님은 아주 늙고 고약한 분이에요. 이가 모두 빠져 입은 푹 꺼진 데다가 턱에는 거칠거칠한 수염까지 나 있었답니다. 델핀과 마리네트가 방문하면 멜리나 숙모님은 아이들을 꽉 끌어안고 놓아주질 않았어요. 그럴 때마다 얼굴에 닿는 숙모님의 수염도 너무 싫었지만, 끌어안은 채 꼬집고 머리카락을 잡아당기는 것도 너무 싫었죠. 게다가 아이들이 오면 주려고 일부러 묵혀둔 곰팡이 핀 치즈를 빵과 함께 내주고는 자꾸 다 먹으라고 하니, 델핀과 마리네트는 억지로 먹을 수밖에 없었고요. 그뿐이 아니에요. 멜리나 숙모님은 이 두 어린 조카가 자기 어릴 적 모습과 판박이라며, 아직 어려서 그렇지 조금만 더 자라면 곧 사람들도 모두 인정하게 될 거라고 말하곤 했는데 이건 정말 생각만으로도 끔찍한 일이지 뭐예요.

"아이들이 너무 불쌍해요. 이 빠진 낡은 접시 하나 때문에 이런 가혹한 벌을 받다니요."

고양이가 한숨을 쉬며 말했어요.

"너 지금 무슨 소릴 하는 거냐? 애들을 두둔하는 걸 보니 너도 접시 깨뜨리는 데 한몫한 모양이구나!"

"아니에요. 알퐁스는 내내 창가에 얌전히 앉아 있었어요!"

아이들이 말했어요.

"입 다물지 못하겠니? 그래, 너희나 고양이나 다를 바 없어. 그러니까 그렇게 서로 편들어주는 거겠지. 허구한 날 낮잠만 늘어지게 자는 쓸모없는 고양이 녀석 같으니라고……"

"그렇게 심한 말을 하시다니 정말 너무하세요." 고양이가 말했어요. "밖에 나갈래요. 마리네트, 창문 좀 열어줘."

마리네트가 창문을 열자 고양이는 폴짝 뛰어 마당으로 사라졌어요. 비가 그치고 부드러운 바람이 구름을 걷어내고 있었어요. 하늘이 맑게 개자 엄마 아빠는 기분이 좋아졌어요.

"내일은 멜리나 숙모님 댁을 방문하기에 아주 좋은 날이 될 것 같구나. 그것 참 다행이야. 자, 그만큼 울었으면 충분하다. 이제 그만 뚝 그쳐라! 그런다고 깨진 그릇이 다시 붙는 것도 아니잖니. 창고에 가서 장작이나 가져와라."

창고에 간 아이들은 장작더미 위에 앉아 있는 고양이를

발견했어요. 눈물이 잔뜩 고여 있던 델핀은 고양이가 귀를 비비며 세수하는 모습을 보았어요.

"알퐁스!"

울상이던 델핀이 갑자기 기쁨에 들떠 미소를 지은 채 고양이를 부르자 마리네트는 어리둥절했지요. 고양이가 말했어요.

"왜 불러?"

"좋은 생각이 났어. 네가 도와주면 어쩌면 우리 내일 멜리나 숙모님 댁에 가지 않아도 될지 몰라."

"글쎄다…… 내가 아무리 부탁한들 아줌마 아저씨가 내 말을 들어주시겠니? 안됐지만 소용없을 거야."

"걱정 마. 네가 엄마 아빠에게 부탁드리는 일은 없을 거야. 너도 엄마 아빠가 하시는 말씀 들었지? 비가 오지 않으면 멜리나 숙모님 댁에 보낼 거라고 하셨잖아."

"그래서?"

"바로 그거야! 넌 그저 발로 귀만 문지르면 돼. 그럼 비가 올 테고, 우린 숙모님 댁에 가지 않아도 되는 거지."

"그렇구나! 그것까지는 미처 생각하지 못했는데, 정말 좋은 생각이야!"

말을 마치자마자 고양이는 발로 귀를 문지르기 시작했어요. 50번도 넘게 문질렀답니다.

"오늘 밤 너희는 걱정 내려놓고 푹 자도 좋아. 내일은 강아지 한 마리도 나돌아 다니지 못할 정도로 비가 쏟아질 테니까 말이야."

저녁 식사 시간 내내 엄마 아빠는 멜리나 숙모님 이야기를 했어요. 숙모님께 전해드릴 잼 단지도 벌써 준비해두었죠. 아이들은 억지로 우울한 표정을 짓느라 애를 먹었어요. 웃음이 터져 나오는 걸 감추느라 마리네트는 여러 번 사레들린 척 기침을 해야 했답니다. 자러 갈 시간이 되자 엄마 아빠는 창에 코를 바짝 붙이고 밤하늘을 살펴보았어요.

"하늘이 맑기도 하지. 어쩜 구름 한 점도 없네. 이렇게 많은 별이 반짝이는 건 본 적이 없어. 내일은 틀림없이 길 떠나기에 아주 좋은 날이 될 거야."

하지만 다음 날이 되자 아침 일찍부터 구름이 끼더니 비가 오기 시작했어요. "괜찮아. 금방 그치겠지"라고 엄마 아빠는 말했죠. 그러고는 일요일에 교회 갈 때마다 입는 예쁜 나들이용 드레스를 아이들에게 입히고 분홍색 리본으로 머리를 묶어주었어요. 그러나 엄마 아빠의 생각과 달리 비는 아침을 지나 오후, 그리고 해가 질 때까지 계속해서 내렸어요. 할 수 없이 엄마 아빠는 아이들에게 나들이용 드레스를 벗고 머리 리본도 풀라고 말했어요. 그렇지만 엄마 아빠는 별로 속상해하지는 않았어요.

"하루 늦어진 것뿐이야. 너희는 내일 멜리나 숙모님을 뵈러 가면 되니까 말이다. 이제 화창한 계절이 시작되고 있잖아. 5월에 사흘 연속 비가 올 리는 없어."

그날 저녁, 고양이 세수를 하면서 알퐁스는 또다시 발로 귀 뒤를 쓸어내렸고 다음 날에도 여전히 비가 내렸어요. 이렇게 비가 오는 날 아이들을 숙모님 댁으로 보낼 수는 없는 일이었죠. 엄마 아빠는 기분이 언짢아졌어요. 아이들에게 벌주는 게 계속 늦어지는 건 물론이고, 엄마 아빠도 밭에 일하러 갈 수가 없었으니까요. 사소한 일에도 크게 화를 내며 아이들을 나무라고, 접시나 깨는 사고뭉치들이라고 야단쳤답니다.

"멜리나 숙모님 댁에 다녀오기만 하면 너희 버릇이 싹 고쳐질 텐데. 비만 그치면 바로 아침 일찍 너희를 보낼 테니 그리 알아라."

그렇게 야단을 치다가 화가 점점 고조되자 그 불똥이 고양이에게 튀었어요. 빗자루를 휘두르고 발로 걷어차면서 아무짝에도 쓸모없는 녀석이라고 욕을 퍼부었죠.

"아야! 아야! 정말 너무들 하세요. 이렇게 고약한 분들이신지 몰랐네요. 아무 잘못도 없는 저를 이렇게 때리시다니요. 고양이 이름을 걸고 맹세하건대 두 분은 저를 함부로 대한 벌을 받으시게 될 거예요."

사실 이 일만 아니었다면 고양이도 비를 내리게 하는 일을 그만두었을 거예요. 비 때문에 고양이는 그 좋아하는 나무 타기, 들판과 숲속을 이리저리 뛰어다니기도 모두 포기해야 했으니까요. 친구들에게 멜리나 숙모님 댁에 방문하는 벌을 피하게 해주려고 자신이 내내 집 안에 갇혀 있어야 한다는 게 부당하다고 생각하던 참이기도 했어요. 하지만 발길질에 빗자루 매질까지 당한 고양이는 너무나 화가 났지요. 아이들이 귀 뒤를 계속 문질러달라고 굳이 부탁할 필요도 없어졌어요. 이제 이 일은 고양이 자신의 문제가 되어버렸거든요. 일주일 내내 아침부터 밤까지 하루도 빠짐없이 비가 쏟아졌어요. 밖에 나가지도 못하고 집 안에 앉아서 썩어가는 작물을 바라볼 수밖에 없던 엄마 아빠는 화를 점점 더 심하게 냈어요. 이제 깨진 도자기와 멜리나 숙모님 댁

방문 같은 건 안중에도 없었어요. 하지만 점점 고양이를 의심의 눈으로 바라보기 시작했고 그때마다 두 분은 오랫동안 낮은 목소리로 비밀스럽게 무슨 말인가를 속삭였죠.

비가 내린 지 8일째 되던 날, 이른 아침부터 엄마 아빠는 기차역에 갈 채비를 서둘렀어요. 여전히 궂은 날씨였지만 도시에 내다 팔 감자 자루를 기차에 실어 보내려는 것이었어요. 잠에서 깬 델핀과 마리네트는 부엌에서 자루를 꿰매느라 분주한 엄마 아빠를 보았어요. 식탁 위에는 적어도 1.5킬로그램은 됨 직한 돌멩이가 놓여 있었고요. 무슨 돌멩이냐고 아이들이 묻자 엄마 아빠는 감자 자루와 함께 부칠 거라고 둘러댔지만, 그 말투가 어딘지 미심쩍었답니다. 그때 고양이가 부엌으로 들어서며 모두에게 정중하게 아침 인사를 했어요.

“알퐁스, 저기 난롯가에 갓 짜낸 우유를 갖다 놓았으니 가서 먹으렴” 하고 엄마 아빠가 말했어요.

전에 한 번도 들어본 적 없는 친절한 말투에 놀라면서도 고양이는 “아줌마 아저씨, 감사합니다. 두 분 모두 정말 친절하시네요” 하고 말했어요.

알퐁스가 신선한 우유를 맛있게 냠냠거리며 먹고 있을

때 엄마 아빠가 다가오더니 갑자기 고양이의 앞다리와 뒷다리를 둘씩 움켜잡고는 머리부터 자루에 집어넣었어요. 그러고는 식탁 위에 놓여 있던 돌멩이도 자루 안에 같이 집어넣고 질긴 끈으로 입구를 꽉 묶어버렸어요. 고양이가 자루 안에서 버둥거리며 소리쳤어요.

"저를 속이셨군요! 머리가 어떻게 되신 거 아니에요?"

"속인 건 네 녀석이지! 매일 밤 귀 뒤를 문지르는 고양이는 이제 필요 없어. 비라면 이제 지긋지긋하단 말이다. 네가 물을 그렇게 좋아하니 한도 끝도 없이 실컷 마시게 해주마. 5분 후면 강바닥에 가라앉아서 세수를 하게 될 거다."

엄마 아빠는 매몰차게 말했어요.

델핀과 마리네트는 엄마 아빠에게 매달려, 알퐁스를 강물에 던지지 말아달라고 애원하며 울었어요. 하지만 엄마 아빠는 매일같이 비만 내리게 하는 못된 고양이는 더 이상 봐줄 수 없다며, 그렇게 울고불고해봐야 소용없다고 소리쳤어요. 알퐁스는 자루에서 빠져나오려고 미친 듯이 버둥대며 야옹거렸어요. 마리네트는 고양이가 갇힌 자루를 끌어안았고 델핀은 고양이를 풀어달라고 무릎을 꿇고 엄마 아빠에게 울며 빌었어요.

"안 돼. 절대로 안 되고말고! 너희가 아무리 그래봤자 이렇게 못된 고양이에게 동정심 따위는 허락할 수 없다."

엄마 아빠는 매몰차게 거절했답니다. 불현듯 거의 8시가 다 되어간다는 것을 알아차린 엄마 아빠는 기차 시간에 늦을까 봐 급하게 망토의 단추를 채우고 모자를 쓰면서 부엌을 나가기 전 아이들에게 이렇게 말했어요.

"지금은 강에 나갈 시간이 없구나. 이따가 12시쯤 돌아와서 갈 거야. 그때까지 꼼짝 말고 있어야 한다. 자루를 열어 고양이를 풀어줄 생각은 꿈도 꾸지 마라. 만약 고양이가 없어지면 그 즉시 너희를 6개월, 아니 평생 동안 멜리나 숙모님 댁에서 살도록 할 거야. 알겠니?"

엄마 아빠가 집을 나서자마자 델핀과 마리네트는 자루의 끈을 풀었어요. 고양이는 자루 입구로 고개를 내밀고는 아이들에게 말했죠.

"얘들아, 나는 오래전부터 너희가 비단결 같은 착한 마음씨를 가지고 있다는 걸 알고 있었어. 하지만 지금 내 목숨을 구하자고 너희 뜻을 받아들인다면 너희는 6개월, 아니 그보다 훨씬 더 오래 멜리나 숙모님 댁에서 살아야 할 거야. 난 차마 그런 모습을 두고 볼 수는 없어. 그러느니 내가 강물에 빠져 죽는 게 백배 나아.”

“멜리나 숙모님이 그 정도로 고약한 분은 아니셔. 그리고 6개월은 생각보다 빨리 지나갈 거야.”

하지만 고양이는 아이들의 말을 듣지 않았어요. 자신의 결심을 보여주려는 듯 다시 자루 속으로 머리를 집어넣었지요. 델핀이 알퐁스를 설득하려 애쓰는 동안 마리네트는 마당으로 나갔어요. 비를 맞으며 물웅덩이에서 철벅거리고 있는 오리를 발견한 마리네트는 오리에게 상황을 설명하고 어쩌면 좋을지 조언을 구했어요. 오리는 매우 신중하고 생각이 깊은 동물이었어요. 오리가 깊이 생각하기 위해 머리를 자신의 날개 속에 파묻었어요.

“한참 생각해봤는데……” 마침내 오리가 입을 열었어요. “알퐁스를 자루 밖으로 나오게 할 방법은 없는 것 같아. 그 녀석을 내가 잘 아는데 아주 고집쟁이거든. 억지로 녀석을 끌어내더라도 너희 부모님이 도착하시면 제 발로 두 분 앞에 모습을 드러낼 녀석이야. 알퐁스를 구하려면 그 녀석이 받아들일 만한 충분한 이유가 있어야 해. 내가 고양이 입장이라 해도, 만약 내 잘못 때문에 너희가 멜리나 숙모님 댁에서 고생하는 꼴을 봐야 한다면 맨 정신으로 살아갈 수 없을 거야."

"그럼 우리는 어떡하지? 알퐁스가 물에 빠져 죽으면 우리도 죄책감에 괴로울 거란 말이야."

"물론 그렇겠지. 그렇고말고." 오리가 말했어요. "그러니까 모두에게 좋을 묘책을 찾아야 해. 그런데 아무리 생각해도 내 머리로는 안 되겠어."

마리네트는 집 안의 모든 동물에게 의견을 물어야겠다고 생각했어요. 시간을 아끼기 위해 모든 동물을 부엌으로 불러 모았어요. 말, 개, 소, 젖소, 돼지 그리고 닭까지 아이들이 지정한 자리에 앉도록 했어요. 동물들이 둥그렇게 원을 그리며 둘러앉자 한가운데 자리 잡은 고양이도 자루 밖으로 고개를 내밀었어요. 고양이 옆으로 다가간 오리는 모두에게 상황을 설명하기 위해 입을 열었어요. 오리의 설명이 끝나자 동물들은 모두 침묵에 잠긴 채 생각에 빠져들었어요. 오리가 물었어요.

"누구 좋은 생각 있니?"

"내게 생각이 있어." 돼지가 말했어요. "자, 잘 들어봐. 12시에 아줌마와 아저씨가 돌아오시면 내가 잘 말씀드려볼게. 그런 나쁜 생각을 하신 걸 부끄러워하게 만들 거야. 모든 동물의 목숨은 소중한 거라고 말씀드리고 알퐁스를 강물에 던지는 게 얼마나 끔찍한 잘못인지 설명할게. 내가 그렇게 말씀드리면 분명히 이해하실 거야.”

오리는 고개를 끄덕였지만 별로 수긍하는 기색은 아니었어요. 엄마 아빠는 돼지를 그저 소금에 절여 햄으로 만들 생각뿐이었고 이성을 지닌 동물로 여기지 않았거든요.

“또 다른 생각은 없니?”

“내 생각을 말해볼게.” 개가 말했어요. “다들 내 생각에 찬성할걸. 두 분이 돌아오시면 고양이를 풀어줄 때까지 내가 다리를 콱 물고 놓아주지 않는 거야.”

좋은 생각인 것 같았지만 아무리 그래도 델핀과 마리네트는 엄마 아빠가 개에게 물리는 걸 보고 싶지는 않았어요.

“게다가 개는 너무 주인 말을 잘 들어서 아줌마 아저씨를 물지도 못할 거야.”

젖소가 지적했어요.

“네 말이 맞아. 나는 너무 말을 잘 들어.”

개가 한숨을 내쉬며 인정했어요.

“훨씬 더 간단한 방법이 있어. 알퐁스는 자루에서 나오게 하고 대신 장작개비를 넣어두자.”

흰 소가 제안했어요. 흰 소의 말에 모두 좋은 생각이라고 감탄했지만 고양이는 고개를 저었어요.

"그래봤자 소용없어. 자루가 움직이지도 않고 아무 말도, 숨소리도 들리지 않으면 아저씨 아줌마는 틀림없이 이상하다고 눈치채실 거야. 그러고는 곧 내가 사라진 걸 아시게 되겠지."

알퐁스의 말이 옳다는 걸 인정할 수밖에 없었어요. 그러고는 다들 침울해졌어요. 잠시 침묵이 흐른 후 말이 말했어요. 너무 늙어서 털도 빠지고 다리도 힘없이 휘청거렸기 때문에 엄마 아빠도 더 이상 부리지 않았고 언제 도축장으로 팔려 가게 될지 모르는 말이었어요.

"나는 이제 살날도 얼마 남지 않았어. 어차피 죽어야 한다면 남에게 도움이라도 주는 게 의미 있지. 알퐁스는 죽기에 아직 너무 이르잖아. 얼마든지 멋진 장래를 꿈꿀 수 있는 나이란 말이야. 그러니까 내가 알퐁스 대신 자루 안에 들어가는 게 훨씬 낫겠어."

말의 이야기에 모두 깊은 감동을 받아 서로를 바라보았어요. 알퐁스도 너무 감동을 받은 나머지 자루에서 튀어나와 말의 다리에 자신의 몸을 비벼댔어요.

"너는 지금까지 내가 알고 지내온 어떤 동물보다 다정하고 친절한 친구야. 만약 내가 오늘 죽지 않고 살아남는다면 네가 나를 위해 희생하려 했던 그 마음을 절대 잊지 않을 거야. 정말 고마워."

델핀과 마리네트는 코를 훌쩍이며 울기 시작했고 심성 고운 돼지도 꿀꿀 울음을 터뜨렸어요. 고양이는 눈물을 훔치며 이렇게 말했어요.

"하지만 불행하게도 네 제안은 불가능해. 우정에서 우러나온 네 제안을 나도 기꺼이 받아들이고 싶지만, 이 자루는 나도 간신히 들어가는데 어떻게 네가 나 대신 들어가겠니? 아마 네 머리도 들어가지 못할 거야."

말이 고양이를 대신할 수 없다는 것은 아이들에게도, 그 자리에 있던 모든 다른 동물에게도 너무나 명확해 보였어요. 알퐁스 옆에 선 늙은 말은 거인처럼 거대해 보였거든요. 예의라고는 찾아볼 수 없는 수탉이 말과 고양이의 몸집 차이를 보더니 시끄럽게 꼬꼬댁거리며 놀려댔어요.

"조용히 해!" 오리가 말했어요. "우리는 지금 웃을 기분이 아니란 말이야. 그쯤은 너도 알 거라고 생각했는데 이제 보니 정말 무례하기 짝이 없구나. 이 자리에서 나가주면 좋겠어.”

“그래, 나가주지. 하지만 너희나 정신 차려. 지금이 몇 시인지나 알고 떠드는 거니?”

수탉이 쏘아붙였어요.

“저런 못된 녀석이 있나.”

돼지가 중얼거렸어요.

“어서 꺼져!” 모든 동물이 소리치기 시작했어요. “어서 나가라고! 돼먹지 못한 수탉 같으니라고! 어서 꺼지라니까! 이 나쁜 녀석아! 나가!”

볏까지 새빨갛게 달아오른 수탉은 실컷 욕을 얻어먹고 부엌을 가로질러 나가면서, 언젠가는 이 수모를 꼭 갚아주고 말겠다고 다짐했어요. 비가 오고 있었기 때문에 수탉은 창고에 들어갔어요. 몇 분 후 마리네트가 창고로 들어와서는 장작더미에서 조심스럽게 장작개비 하나를 골랐어요.

“뭘 찾는지 말해주면 내가 도와줄게.”

수탉이 다정스럽게 말했어요.

“아냐, 괜찮아. 난 그냥 음…… 장작 하나가 필요해.”

“보나마나 고양이 모양을 찾는 거겠지. 하지만 알퐁스가 말한 것처럼 아저씨 아줌마는 그 장작이 움직이지 않는다는 걸 금방 알아차리실걸?"

"그렇지 않을 거야." 마리네트가 대답했어요. "오리가 그러는데……"

아까 부엌에서 수탉을 조심해야 한다는 이야기를 들은 데다 이미 수탉과 너무 많은 말을 했다는 생각이 든 마리네트는 걱정이 되어 대화를 중단하고, 방금 찾아낸 장작개비를 들고서 서둘러 창고를 빠져나왔어요. 수탉은 마리네트가 빗속을 달려가 부엌으로 들어가는 걸 지켜보았어요. 잠시 후 델핀이 고양이와 함께 부엌에서 나오더니 고양이가 들어갈 수 있도록 헛간 문을 열어주고는, 그 안에 들어간 고양이를 앞에서 기다리는 모습이 보였어요. 수탉은 무슨 일이 일어나고 있는지 알아내려 했지만 헛수고였답니다. 이따금 델핀은 부엌 창가로 다가가 안을 들여다보며 걱정스러운 목소리로 시간을 물었어요.

"12시 20분 전이야." 마리네트가 대답했어요. "12시 10분 전…… 12시 5분 전……"

고양이는 여전히 헛간 안에서 나오지 않았어요. 오리를 제외한 나머지 동물은 부엌에서 나와 자기 자리로 돌아갔어요.

“몇 시야?”

“12시야. 아…… 이젠 다 틀렸어. 저 소리 들려? 마차 소리 말이야. 엄마 아빠가 돌아오시나 봐.”

“할 수 없지.” 델핀이 말했어요. “알퐁스를 헛간에 가두어야겠어. 적어도 우린 멜리나 숙모님 댁에서 6개월을 보낸다고 죽지는 않아.”

이렇게 말하며 델핀은 헛간 문을 닫으려고 팔을 뻗었어요. 그런데 바로 그때 알퐁스가 살아 있는 쥐를 입에 물고 헛간 문 앞에 나타났어요. 엄마 아빠를 태운 마차가 저 멀리서 빠르게 달려오는 것이 보였어요.

고양이와 델핀은 서둘러 부엌으로 들어갔어요. 마리네트는 얼른 자루를 열었어요. 그 안에는 아까 마리네트가 넣어 둔 장작개비가 들어 있었죠. 장작개비는 부드럽고 푹신한 헝겊으로 둘둘 말려 있었어요. 알퐁스가 물고 있던 쥐를 자루 안에 넣자 아이들이 얼른 자루를 다시 묶었어요. 엄마 아빠의 마차는 이제 마당 앞에 거의 도착했죠.

“생쥐야,” 오리가 몸을 기울여 자루에 대고 말했어요. “우리는 너를 해치고 싶지 않아. 하지만 너를 살려주는 대신 한 가지 조건이 있어. 내 말 들리니?”

“그래, 듣고 있어.”

생쥐가 작은 목소리로 대답했어요.

“우리 부탁이 뭐냐면, 바로 그 안에 들어 있는 장작개비 위를 이리저리 움직이는 거야. 꼭 장작개비가 움직이는 것처럼 보이도록 말이야.”

“그거야 일도 아니지. 그다음엔?”

“그다음엔, 사람들이 자루를 옮겨서 강물에 던지려 할 거야.”

“그래, 그렇지만 그러면 난……”

“걱정 마. 자루 귀퉁이에 작은 구멍을 만들어두었어. 혹시 구멍이 너무 작으면 네가 구멍을 갉아서 좀더 크게 만들 수 있을 거야. 기다리고 있다가 근처에서 개 짖는 소리가 들리거든 그때 자루에서 빠져나오기만 하면 돼. 하지만 절대로 개가 짖기 전에 나오면 안 돼. 만약 그러면, 개가 너를 물어 죽이고 말 거야. 알겠니? 무엇보다 중요한 건, 절대로 찍 소리를 내거나 한마디라도 말을 하면 안 된다는 거야.”

엄마 아빠를 태운 마차가 마당 안으로 들어왔어요. 마리네트는 알퐁스를 나무 궤짝 안에 숨기고 얼른 뚜껑을 덮었어요. 그리고 그 위에 자루를 올려놓았답니다. 엄마 아빠가 마차에서 내리는 동안 오리는 서둘러 부엌 밖으로 나갔고 아이들은 눈이 빨갛게 충혈된 것처럼 보이려고 눈을 마구 비볐어요.

"무슨 날씨가 이렇게 고약하담!" 집 안으로 들어오며 엄마 아빠가 투덜거렸어요. "망토 속까지 다 젖어버렸네. 이게 다 저 배은망덕한 고양이 녀석 때문이야!"

"제가 자루에 갇힌 신세만 아니었다면 아저씨 아줌마가 안됐다고 생각했을 거예요."

고양이가 나무 궤짝 안에 웅크린 채 작은 목소리로 말했어요. 궤짝이 자루 바로 아래 놓여 있었기 때문에 마치 자루 안에서 새어 나오는 소리처럼 들렸지요. 자루 안에서는 생쥐가 장작개비 위를 이리로 갔다 저리로 갔다 하며 자루를 들썩이게 만들었고요.

"안되긴 누가 안됐다는 거야? 곤경에 처한 건 우리가 아니고 바로 너란 말이다. 꼼짝없이 갇혀 있는 주제에 건방지게 우릴 동정하다니……"

"아저씨 아줌마, 제발 부탁이에요. 두 분 다 그렇게 나쁜 분들은 아니잖아요. 제발 저를 풀어주세요. 그렇게 해주시면 절대 원망하지 않고 두 분을 용서해드릴게요."

"우릴 용서한다고? 어처구니가 없군. 누가 들으면 일주일 내내 비를 내리게 한 게 우리인 줄 알겠구나."

"아, 그건 아니죠. 두 분에게 그런 능력이 있을 리 없잖아요. 하지만 언젠가 이유 없이 저를 두드려 팬 건 두 분이었죠. 괴물! 폭군! 인정머리라고는 조금도 없어요!"

"이런 못된 짐승을 봤나! 네까짓 게 감히 우릴 모욕해?"

엄마 아빠는 화가 나서 마구 소리를 질렀어요. 화가 머리 끝까지 치밀어 오른 나머지 빗자루로 자루를 팡팡 소리 나게 마구 두들겨 패기 시작했어요. 하지만 매를 맞는 건 고양이가 아니라 헝겊으로 돌돌 말린 장작개비였죠. 겁에 질린 생쥐는 자루 안에서 풀쩍풀쩍 뛰었고 알퐁스는 아픈 척 비명을 질러댔어요.

"어때? 맞아보니 이제 정신이 좀 들었니? 우리가 인정머리 없다는 소리 또 할 거야?"

"이젠 더 이상 아무 말도 안 할래요. 두 분은 하고 싶은 말 실컷 하세요. 난 아저씨 아줌마처럼 심술궂은 사람들과는 더 이상 말을 섞고 싶지 않아요."

"네 맘대로 하려무나. 어차피 이제 그런 고집도 곧 끝장날 테니까. 자, 이제 강가로 출발하자고."

엄마 아빠는 애원하며 매달리는 두 딸도 뿌리치고 자루를 집어들어 부엌 밖으로 나갔어요. 마당에서 기다리고 있던 개가 충격에 빠진 표정으로 두 분을 뒤따라 나갔어요. 엄마 아빠가 창고 앞을 지나갈 때 수탉이 물었어요.

"아줌마 아저씨, 불쌍한 알퐁스는 벌써 죽은 거 같은데요? 장작개비처럼 자루 속에서 꼼짝도 않고 있잖아요."

"그럴지도 모르지. 흠씬 두들겨 맞았으니 죽었다 해도 이상할 거 없어."

이렇게 말하면서 엄마 아빠는 외투 속에 숨긴 자루를 힐끔 쳐다보았어요.

"그렇군요. 하지만 너무 조용한 거 아녜요? 고양이가 아니라 꼭 장작개비 같잖아요."

"사실은 말이야, 알퐁스 녀석이 더 이상 우리와는 아무 말도 안 하겠다고 했거든."

그러자 더 이상 할 말이 없어진 수탉은 잘 다녀오시라고 인사를 했어요.

이 시간에 알퐁스는 나무 궤짝에서 나와 부엌 한가운데에서 아이들과 손잡고 빙글빙글 돌며 기쁨의 춤을 추고 있었죠. 아이들과 고양이가 기뻐하는 모습을 지켜보던 오리는 흥을 깨고 싶지 않았지만 근심스러운 표정을 짓고 있었어요. 고양이를 바꿔치기했다는 사실을 들키면 어쩌나 걱정되었기 때문이에요.

흥겨운 소란이 잦아들자 오리가 말했어요.

"이제 모두 정말로 조심해야 해. 너희 부모님이 돌아오셨을 때 부엌에서 고양이를 발견하시게 되면 큰일이잖아. 알퐁스, 너는 지금 바로 다락으로 올라가. 낮에는 절대 아래로 내려오면 안 된다는 걸 명심하고."

"매일 저녁 우리가 헛간에 먹을 것과 우유를 가져다 놓을게."

델핀이 말했어요.

"그리고 낮에는 우리가 다락으로 너를 보러 올라갈게."

마리네트가 약속했어요.

"그럼 나는 저녁에 너희 방으로 찾아갈게. 매일 저녁 자기 전에 창문을 살짝 열어놓기만 하면 돼."

아이들과 오리가 고양이를 헛간 앞까지 바래다주었어요. 그때 마침, 조금 전 자루에서 빠져나온 생쥐가 헛간 안으로 들어가려다 아이들 일행과 마주쳤어요. 오리가 물었어요.

"어떻게 됐어?"

"어떻게 되긴. 쫄딱 젖었지. 빗속을 뚫고 돌아오는 길이 얼마나 멀던지 말이야. 나 정말 물에 빠져 죽을 뻔했다는 걸 알아줬으면 해. 강가에 도착한 아줌마 아저씨가 나를 물속에 던져 넣기 직전에야 개가 짖었다고. 진짜 위험했어."

"그래도 아무 일 없이 무사히 돌아왔으니 다행이야." 오리가 말했죠. "어쨌든 너희 서둘러야 해. 고양이는 어서 다락으로 올라가고."

집으로 돌아온 엄마 아빠는 노래를 흥얼거리며 식탁을 차리고 있는 아이들을 보고 깜짝 놀랐어요.

"알퐁스가 죽었는데도 너희는 별로 슬퍼하는 것 같지 않구나. 그럴 거면 알퐁스를 데리고 나갈 때 그렇게 울고불고 소란 피울 필요도 없었잖니. 진심으로 슬퍼해주는 친구도 없을 정도로 알퐁스가 형편없는 고양이는 아니었어. 사실 솔직히 꽤 괜찮은 녀석이었는데 말이야. 보고 싶을 것 같아."

"우리도 정말 많이 슬퍼요. 하지만 이미 죽어버렸는데, 슬퍼한다고 돌아올 수도 없잖아요. 우리가 할 수 있는 게 아무것도 없다고요."

마리네트가 대답했어요.

"어쨌든 알퐁스도 잘못한 게 있어서 벌을 받은 것이기도 하고요."

델핀도 말했죠.

"그런 식으로 말하다니 너희 참 매정하구나. 그렇게 인정머리가 없다니. 지금이야말로 너희를 진짜 멜리나 숙모님께 보내버리고 싶은 마음이 드는구나."

몇 마디 말을 주고받고 나서 식구들은 식사를 시작했어요. 하지만 엄마 아빠는 너무 슬픈 나머지 거의 먹지를 못했죠. 그러고는 아무 일 없다는 듯 맛있게 밥을 먹는 아이들을 향해 이렇게 말했어요.

"슬프다면서 밥은 잘도 넘어가는가 보구나. 지금 이 모습을 알퐁스가 본다면 누가 진짜 좋은 친구인지 알 수 있을 텐데……"

식사가 끝나갈 무렵에는 심지어 눈물을 흘리며 손수건에 얼굴을 파묻고 엉엉 소리 내어 우는 거예요.

"엄마 아빠, 기운을 내세요. 그렇게까지 슬퍼하실 필요는 없어요. 운다고 알퐁스가 다시 돌아올 수 있는 것도 아니에요. 아무리 엄마 아빠가 알퐁스를 자루에 집어넣고 때린 다음 강물에 던지셨다고는 해도, 그건 우리 모두를 위해 하신 일이었잖아요. 모두에게 햇볕이 필요했잖아요. 농사를 망칠 수는 없는 일이에요. 그러니 이제 그만 우세요. 조금 전 강으로 출발하실 때는 그렇게 씩씩하고 기운이 넘치시더니 왜 그러세요?"

그날 오후 내내 엄마 아빠는 슬픔에 잠겨 있었어요. 하지만 다음 날 아침, 하늘이 맑게 개고 밭에 햇볕이 내리쬐자 고양이에 대한 생각은 저 멀리 사라졌답니다.

시간이 갈수록 고양이는 점점 더 잊혀갔어요. 햇볕은 점점 더 뜨거워졌고 밭일도 덩달아 많아지자 엄마 아빠는 고양이에 대해 후회할 틈도 없었죠.

아이들은 알퐁스를 생각할 필요가 없었어요. 고양이가 거의 한시도 아이들 곁을 떠나지 않았거든요. 엄마 아빠가 모두 밭에 나가 있었기 때문에 고양이는 아침부터 저녁까지 마당에서 시간을 보냈고 식사 시간에만 숨어 있었어요. 밤이 되면 아이들 방으로 들어와서 아이들과 함께 시간을 보냈고요.

어느 날 저녁 엄마 아빠가 집으로 돌아오자 수탉이 엄마 아빠를 찾아와 이렇게 말했어요.

"제가 잘못 봤는지는 모르지만, 마당에서 알퐁스를 본 것 같아요."

"수탉이 돌았나 보군."

엄마 아빠는 투덜거리며 그냥 지나쳤어요.

그러나 그다음 날, 수탉은 또다시 엄마 아빠에게 와서 말했어요.

"알퐁스는 강물에 빠져 죽지 않았어요. 오늘 오후 마당에서 아이들과 놀고 있던 건 그 녀석이 틀림없었어요. 제 눈으로 똑똑히 봤어요."

"자꾸 불쌍한 알퐁스를 들먹이다니, 이 수탉이 점점 더 미쳐가고 있어." 이렇게 말하면서 엄마 아빠는 수탉을 요리조리 자세히 살피더니, 수탉에게 시선을 고정한 채 소곤소곤 대화를 주고받기 시작했어요. "저 녀석, 아무래도 머리가 돈 것 같아. 하지만 얼굴은 멀쩡해 보이는데…… 그동안 매일 봐왔는데도 여태 미친 걸 몰랐다니 이상하군. 마침 다 자라기도 했으니 더 먹이를 줘가며 키울 필요도 없지 뭐."

다음 날 이른 아침, 수탉이 또다시 알퐁스에 대해 말하려던 순간, 그만 엄마 아빠의 손에 잡혀서는 목이 비틀려 죽고 말았어요. 치킨 수프가 되어버린 수탉을 식구들은 맛있게 먹었답니다.

알퐁스를 대신한 장작개비가 강물에 던져진 지 이주일이 지났어요. 그날 이후 비는 단 한 방울도 내리지 않고 화창한 날이 계속되었어요. 엄마 아빠는 다행이라면서도 걱정스러운 목소리로 이렇게 말했어요.

"그래도 구름 한 점 없는 맑은 날이 더 오래가면 안 될 텐데 말이야. 조만간 비가 와주지 않으면 작물이 다 말라버리고 말 거야. 이제 비가 좀 시원하게 내려줘야 하는데."

23일째가 되어도 여전히 비가 올 기미는 전혀 보이지 않았어요. 땅이 바짝 말라 곡식이 자라질 못했어요. 밀, 귀리, 보리도 누렇게 말라갔죠.

"이런 날씨가 일주일만 더 계속되면 작물이 모두 햇볕에 타 죽게 될 거야." 엄마 아빠는 알퐁스가 죽고 없는 것이 아쉽고 속상했어요. 그러면서 아이들을 탓했지요. "너희가 그릇만 깨지 않았으면 알퐁스는 죽지 않았을 거고, 그럼 비를 내리게 해줬을 거야."

매일 저녁 식사를 마친 뒤 두 분은 마당에 주저앉아 구름 한 점 없는 하늘을 바라보며 속절없이 알퐁스 이름만 불러댔어요.

그러던 어느 날 아침, 엄마 아빠가 아이들을 깨우려고 방으로 들어왔어요. 아이들과 밤늦게까지 수다를 떨다가 마리네트의 침대 위에서 잠이 들었던 알퐁스는 방문이 열리는 소리에 황급히 이불 밑으로 기어들어갔어요.

"일어날 시간이다. 어서 일어나! 아침부터 해가 뜨거운 걸 보니 오늘도 비가 오기는 틀렸나 보네…… 어! 이건…… 그럴 리가……"

엄마 아빠는 하던 말을 멈추고 목을 길게 빼서 마리네트의 침대를 내려다봤어요. 그러고는 놀라서 두 눈이 휘둥그레졌죠. 알퐁스는 꼭꼭 숨었다고 생각했지만 꼬리가 이불 밖으로 삐져나와 있는 걸 미처 몰랐지 뭐예요. 델핀과 마리네트는 아무것도 모른 채 이불을 머리끝까지 덮어쓰고 쿨쿨 자고 있었어요. 엄마 아빠는 살금살금 다가가서 두 손으로 고양이의 꼬리를 냅다 잡아채 위로 들어 올렸어요. 고양이는 별안간 허공에 거꾸로 대롱대롱 매달리고 말았어요.

"아니, 이럴 수가! 알퐁스 아니냐!"

"네, 저예요. 알퐁스 맞아요. 아프니까 절 좀 놓아주세요. 다 설명드릴게요."

엄마 아빠는 알퐁스를 침대 위에 내려놓았어요. 델핀과 마리네트가 어찌된 일인지 자초지종을 고백했어요.

"이건 모두 엄마 아빠를 위한 일이었어요." 델핀이 말했어요. "잘못도 없는 알퐁스가 죽었더라면 엄마 아빠는 내내 자책하셨을 거예요."

"그렇다고 부모를 감쪽같이 속이다니!" 엄마 아빠는 크게 화를 냈어요. "약속은 약속이니 너희는 멜리나 숙모님 댁으로 가야 할 거다."

"아, 그래요?" 고양이가 창문으로 풀쩍 뛰어오르며 소리쳤어요. "좋아요. 그렇다면 저도 멜리나 숙모님 댁으로 갈래요. 저 먼저 갈게요."

성급했다는 걸 깨달은 엄마 아빠는 알퐁스를 붙들고 제발 여기에 남아달라고 부탁했어요. 농작물의 수확이 알퐁스에게 달려 있었으니까요. 그렇지만 고양이는 말을 들으려 하지 않았어요. 결국 엄마 아빠가 한참이나 애원하고, 그걸로도 모자라 아이들을 숙모님 댁에 보내지 않겠다고 약속한 뒤에야 알퐁스는 두 분의 부탁을 받아들였어요.

그날 저녁(그 어느 때보다도 더운 날이었답니다) 델핀, 마리네트, 엄마 아빠 그리고 농장의 모든 동물이 마당에 둥그렇게 모여 앉았어요. 그 원의 가운데에는 알퐁스가 의자 위에 올라앉아 있었죠. 먼저 알퐁스는 서두르지 않고 천천히 얼굴을 앞발로 닦았어요. 그런 다음 50번도 넘게 귀 뒤를 문질렀어요. 다음 날 아침이 되자 25일 만에 단비가 흠뻑 내려 가뭄에 속이 타던 동물과 사람 들을 시원하게 식혀주었어요. 마당과 밭, 목초지에는 풀과 작물이 다시 자라나고 푸르른 생기가 흘렀어요. 일주일 후에는 또 다른 기쁜 일이 있었어요. 턱에 난 수염을 깨끗이 깎은 멜리나 숙모님에게 애인이 생겨 결혼식을 올리고, 새 남편과 함께 천 킬로미터나 떨어진 곳으로 이사를 갔답니다.

고자질쟁이 젖소 코르네트

델핀과 마리네트는 젖소들을 마을 건너편 강가의 넓은 풀밭에서 풀을 뜯게 하려고 외양간에서 데리고 나왔어요. 저녁 무렵에나 집에 돌아올 예정이었기 때문에 아이들은 바구니에 자기들과 개가 먹을 점심 그리고 구스베리 잼을 바른 빵 두 덩이를 담았어요.

"자, 어서 가." 엄마 아빠가 말했어요. "소들이 토끼풀을 너무 많이 뜯어 먹거나 길가 사과나무에 달린 사과를 몰래 따 먹지 않도록 특별히 조심해야 해. 너희도 이제 어린아이가 아니라는 걸 명심하고. 너희 둘 나이를 더하면 이제 거의 스무 살이 됐으니 말이야."

그런 다음 엄마 아빠는 점심 바구니에 달려들어 킁킁거

리고 있는 개에게 말했어요.

“그리고 너, 이 게으른 녀석아. 너도 정신 똑바로 차리고 소들을 잘 살펴야 한다.”

“아줌마랑 아저씨는 맨날 잔소리뿐이야. 하나도 달라지는 게 없어.”

개가 혼잣말로 투덜거렸어요.

“젖소들도 잘 들어. 너희를 데리고 나가는 건 공짜 풀을 먹이기 위해서니까 딴짓하지 말고 부지런히 많이 먹어야 한다. 알겠니?”

“잘 알아들었으니 이제 그만 좀 하세요. 저희가 알아서 먹을 테니까요.”

젖소들이 말했어요.

그때 한 젖소가 “아무도 우릴 귀찮게 하지만 않는다면 더 잘 먹을 수 있을 텐데요”라고 새침하게 말했어요.

이렇게 말한 녀석은 코르네트라는 이름의 작은 회색 젖소였어요. 코르네트는 엄마 아빠의 신임을 받고 있었어요. 엄마 아빠가 없을 때 델핀과 마리네트가 무엇을 하는지, 무엇을 안 하는지 미주알고주알 일러바쳤기 때문이에요. 아이들이 엄마 아빠에게 야단맞고 맨 빵 먹는 걸 구경하는 게 코르네트의 악취미였거든요.

“귀찮게 한다고? 도대체 누가 너희를 귀찮게 한다는 거야?”

델핀이 물었어요.

“난 그냥 사실대로 말했을 뿐이야.”

집에서 멀어지며 코르네트가 말했어요.

코르네트를 뒤따라 나머지 젖소 무리도 길을 떠났어요. 엄마 아빠만 마당 한가운데 그대로 남아 있었죠. 두 분은 젖소의 말을 되뇌며 확신에 차 말했어요.

“흠…… 또 뭔가 숨기는 일이 있는 게 틀림없어. 신경 써서 살펴야겠는걸. 델핀하고 마리네트는 어쩌자고 날마다 사고만 치는지 모르겠단 말이야. 그래도 정말 다행이지 뭐야! 이성적이고 무엇보다 우리에게 솔직하게 모든 걸 얘기해주는 코르네트가 있으니 말이야. 우리 귀여운 코르네트, 착하기도 하지.”

엄마 아빠는 두 딸이 언제쯤 철이 들까 하고 혀를 쯧쯧 차며 집 안으로 들어갔어요.

젖소 무리는 집을 떠나 200미터도 못 가서 길가에 떨어져 있는 사과나무 가지를 발견했어요. 아마도 간밤에 몰아친

강풍 때문에 부러진 것 같았어요. 젖소들은 사과를 허겁지겁 와작와작 씹어 먹었어요. 코르네트는 바닥에 떨어진 사과나무 가지를 보지 못하고 앞서가고 있었죠. 뒤늦게 이 사실을 알고 되돌아왔을 땐 이미 단 한 알의 사과도 남아 있지 않았답니다.

“그럼 그렇지.” 코르네트가 빈정거렸어요. “사과를 먹게 아이들이 또 내버려 뒀구나. 그렇게 먹다가 배가 터져도 할 수 없지.”

“네가 사과를 하나도 못 먹어서 심통 난 거잖아. 내가 그걸 모를 줄 알고?”

마리네트가 말했어요. 아이들이 깔깔 웃자 나머지 젖소와 개도 덩달아 웃었어요. 기분이 몹시 상한 코르네트는 네 다리까지 부르르 떨며 화난 목소리로 소리쳤어요.

“아줌마 아저씨께 다 일러바칠 거야.”

코르네트가 집을 향해 발을 내딛자 개가 앞을 가로막고 경고했어요.

“이쪽으로 한 발만 더 떼면 네 콧방울을 콱 물어버리겠어.”

개는 이빨을 드러내고 등에 난 털을 곧추세운 채 당장이라도 소를 물어버릴 듯 으르렁댔고, 코르네트도 위험을 느겼는지 가던 길을 되돌렸지요.

"좋아. 지금 당장이 아니더라도 결국 모든 사실이 밝혀질 테니까. 다음엔 너희가 아니고 내가 웃게 될 거야."

소들은 다시 앞으로 걸어갔고, 다른 소들이 풀을 뜯기 위해 이따금씩 길가에 멈춰 설 때도 코르네트는 멈추지 않고 계속 앞으로 나아갔어요. 넓은 목초지가 보이는 곳에 다다른 코르네트는 외딴 농가 앞에 멈춰 서서 마당 울타리에 빨래를 널고 있던 주인 할머니와 꽤 오랫동안 대화를 나누었어요. 농가 맞은편으로 100미터 떨어진 곳에는 떠돌이 집시들이 마차에 묶어두었던 말을 풀어놓고 개울가에 앉아 바구니를 짜고 있었어요. 다른 젖소 무리와 아이들이 코르네트가 있는 곳에 다다랐을 때 할머니가 아이들을 불러 세우더니 마차를 가리키며 말했어요.

"저기 보이는 저 사람들을 조심해라. 친절한 사람들이 아니야. 무슨 짓을 할지도 몰라. 저 사람들이 말을 걸더라도 대답하지 말고 그냥 지나쳐야 한다."

델핀과 마리네트는 공손하게 감사 인사를 드렸지만 진심에서 우러나온 건 아니었어요. 그 할머니를 좋아하지 않았거든요. 아이들은 할머니가 어딘지 모르게 교활하고 음흉

해 보이는 것이 코르네트와 닮았다고 생각해왔어요. 그런데다 딱 하나 남은 길고 누런 이가 무섭기도 했고요. 현관문 앞에 서서 아이들을 곁눈질하고 있던 주인 할아버지도 마음에 안 들기는 마찬가지였어요. 지금까지 그 할머니나 할아버지가 아이들에게 왜 젖소를 제대로 지켜보지 않느냐고 야단치거나 엄마 아빠에게 가서 이르겠다고 위협한 적은 한 번도 없었지만 말이에요. 어쨌든 아이들은 마차 앞을 지나면서 발걸음을 재촉했어요. 지나면서 흘끔 곁눈질로 본 집시들은 깔깔 웃거나 노래를 부르며 일에 열중하느라 아이들에게는 아무 관심도 없는 것 같았어요.

목초지에서의 오후는 별일 없이 잘 흘러갔어요. 코르네트가 풀밭 가장자리에서 알팔파 풀을 여러 차례 훔쳐 먹은 것만 빼면 말이에요. 어찌나 건방을 떨며 고집스럽게 훔쳐 먹는지, 결국 세번째에는 몽둥이를 들고 내몰아야 했답니다. 코르네트가 몽둥이를 피해 전속력으로 도망가는 바람에 개가 꼬리에 매달린 채 20미터나 대롱거리며 끌려갔어요.

“나를 때리려 하다니, 크게 후회하게 될 거다.”

코르네트는 젖소 무리에 합류하며 이렇게 말했죠.

오후가 다 끝나갈 무렵, 아이들은 물고기들과 이야기하고 싶어서 강가로 갔어요. 아이들을 도와 열심히 젖소 무리를 지켰던 개도 따라갔지요. 하지만 물고기와의 대화는 재미가 하나도 없었어요. 아이들이 강에서 만난 물고기는 커다란 곤들매기 한 마리뿐이었는데, 얼마나 멍청한지 아이들이 무슨 말을 해도 돌아오는 대답이라곤 "내가 늘 말하는 거지만 잘 자고 잘 먹는 게 세상에서 제일 중요해" 이 말밖에 없었어요. 아이들과 개는 더 이상의 대화를 포기하고 목초지로 돌아왔어요. 다른 젖소들은 풀을 뜯고 있었지만 코르네트가 보이질 않았어요. 풀을 뜯어 먹느라 바빠서, 코르네트가 어디로 갔는지 본 소가 아무도 없었어요.

델핀과 마리네트는 코르네트가 엄마 아빠에게 낮에 있었던 일을 제멋대로 일러바치려고 혼자 집에 먼저 돌아간 거라 생각했어요. 돌아가는 길에 코르네트를 따라잡을 생각을 하며 아이들은 바로 젖소들을 데리고 집으로 발걸음을 재촉했어요.

엄마 아빠는 아직 밭에서 돌아오지 않았지만 문제는 집안 어디에도 코르네트의 흔적이 보이지 않는다는 것이었어요. 코르네트를 보았다는 동물 역시 하나도 없었어요. 아이들은 당황해서 어쩔 줄 몰랐고 개 역시 자신에게 곧 닥칠 불호령에 잔뜩 겁이 났어요. 마당에는 깃털이 멋지고 언제나 침착함을 잃지 않는 오리가 있었어요.

"얘들아, 그렇게 허둥대지 말고 침착해야 해." 오리가 말했어요. "우선 소젖을 짜서 우유 가게에 갖다주고 와. 그런 다음 어떻게 해야 할지 함께 생각해보자."

아이들이 오리의 충고를 따라 우유 가게에 다녀온 뒤에 엄마 아빠가 집으로 돌아왔어요. 시간이 지나 밤이 되었고 부엌에는 불이 켜졌어요. 엄마 아빠가 물었죠.

"얘들아, 낮에 어땠니? 별일은 없었고?"

"네, 특별한 일은 아무것도 없었어요."

개가 대답했어요.

"너한테 물어본 게 아니야. 넌 너한테 물어볼 때만 대답해. 버릇없는 녀석 같으니라고. 자, 얘들아, 오늘 별일 없었니?"

"네, 아무 일도 없었어요." 얼굴까지 새빨개진 아이들이 떨리는 목소리로 대답했어요. "거의 문제없었어요……"

"거의라고? 흠…… 동물들에게도 물어봐야겠군."

엄마 아빠가 부엌문을 나섰어요. 하지만 개가 엄마 아빠보다 먼저 나가 오리에게 갔어요. 오리는 외양간 구석 코르네트 자리에서 개를 기다리고 있었죠.

"안녕, 젖소들아, 즐거운 하루 보냈니?"

엄마 아빠가 물어보았어요.

"아주 멋진 하루였어요. 그렇게 맛 좋은 풀은 난생처음 먹어본걸요."

"그래? 그거 참 다행이구나. 그럼 뭐 성가시거나 안 좋은 일은 없었니?"

"네, 아무 일도 없었어요."

엄마 아빠는 어둠 속을 더듬거리며 외양간 구석 쪽으로 다가갔어요.

"너는 어떠니, 용감한 코르네트야. 혹시 할 말 없니?"

그러자 오리가 속삭여주는 대로 개가 힘없는 목소리로 대답했어요.

"풀을 너무 맛있게 먹었어요. 배부르게 먹고 나니 보시는 것처럼 졸음이 와서 대답하기도 어렵네요."

"그래 잘했다, 우리 예쁜 젖소야. 네 말을 들으니 안심이 되는구나. 그러니까 오늘은 아무도 너를 귀찮게 하지 않았다는 거지?"

“별로 불평할 게 없어요.” 개는 잠시 뜸을 들였지만 오리가 재촉하자 할 수 없이 말을 이어갔어요. “성질머리 고약한 멍멍이 녀석이 또 제 꼬리를 물고 늘어졌던 것만 빼면요. 소의 꼬리가 개를 위한 그네는 아니잖아요.”

“물론 아니고말고. 못돼먹은 개의 옆구리를 걷어차줘야겠다. 너는 아무 걱정 마라. 지금 그 녀석은 곧 자기에게 무슨 일이 닥칠지 꿈에도 모르고 있을 거다.”

“그래도 너무 심하게 때리진 마세요. 사실 그 녀석이 그랬던 건 그냥 장난이었는걸요.”

“아냐, 아냐. 그런 못된 개를 동정할 필요는 없단다. 따끔한 맛을 봐야 그 녀석도 정신을 차릴 거야.”

엄마 아빠는 부엌으로 돌아왔어요. 이번에도 개가 한발 먼저 돌아와 불 가에 웅크린 채 누워 있었어요.

“멍멍이 이 녀석! 이리 좀 와봐라!”

엄마 아빠가 개에게 소리쳤어요.

“네, 갈게요.” 개가 대답했어요. “그런데 저한테 불만이 있으신 것 같네요. 그거 아시죠? 사람들이 가끔은 뭔가를 잘못 알고 오해한다는 거요……”

“빨리 오지 못하겠니?”

"간다고요. 지금 가고 있어요. 어쨌든 저는 최선을 다했어요. 그리고 제가 오른쪽 다리에 관절염을 앓고 있다는 것도 미리 말씀드려야 할 것 같네요."

"그래, 말 잘했다. 여기 아주 좋은 특효약이 있으니까 말이야."

그렇게 말하더니 엄마 아빠는 음흉한 미소를 띤 채 자기들의 신발 코를 내려다보았어요. 그때 아이들이 엄마 아빠에게 개를 용서해달라고 애원했어요. 아이들이 특별히 잘못한 건 없어 보였기 때문에, 아이들의 요청을 받아들여 두 분이 각자 한 번씩만 개를 걷어차는 것으로 그쳤어요.

다음 날 아침, 엄마 아빠가 소젖을 짜러 외양간에 들어왔을 때 코르네트가 보이지 않았어요. 코르네트가 있어야 할 자리에는 대신 다른 젖소에게서 짜낸 따뜻한 우유가 가득 든 양동이 한 통이 놓여 있었어요.

"조금 전 아줌마 아저씨가 다락방에 올라가셨을 때 코르네트가 머리가 아프다면서 아이들에게 젖을 짜달라고 했어요. 그런 다음에 마리네트가 코르네트를 데리고 목초지로 갔어요"라고 오리가 말했어요.

"코르네트가 그렇게 부탁했다면 당연히 들어줘야 했겠지."

엄마 아빠가 말했죠.

하지만 사실은 마리네트 혼자 목초지에 갔답니다. 이가 하나밖에 없는 농가 주인 할머니가 마당에 나와 있었어요. 할머니는 마리네트가 개도, 소 무리도 없이 혼자 나타난 것을 보고 깜짝 놀랐어요.

"어쩌면 할머니께서 아실지도 모르겠네요. 어제 오후에 젖소 한 마리를 잃어버렸거든요."

마리네트가 말했어요.

할머니는 자기도 코르네트를 보지 못했다면서 길 건너편 집시들을 가리켰어요. 집시들은 마차 앞에 앉아서 아침을 먹고 있었어요. 농가의 할머니가 말했죠.

"요즘 같은 때에는 가축을 함부로 내놓고 풀을 뜯게 하면 안 돼. 잃어버리는 사람이 있으면 차지하는 사람도 있는 법이거든."

마리네트는 지나가는 길에 마차 쪽을 곁눈질했지만, 집시들에게 물어볼 용기는 나지 않았어요. 어쨌든 그 사람들이 코르네트를 훔치지는 않았을 거라고 생각했어요. 코르네트를 숨길 만한 곳이 없어 보였거든요. 마차의 문이 너무 좁아서 소를 집어넣기는 불가능했어요. 목초지에서 혼자 고민하던 마리네트는 강가로 갔어요. 혹시 전날 물가에서 놀다가 빠져 죽은 소가 있는지 물고기들에게 물어봤죠. 그러나 물고기들은 한결같이 그런 소는 없었다고 대답했어요.

"그런 일이 있었다면 내가 모를 리가 없어." 잉어가 말했어요. "강에서는 소식이 아주 빠르게 전달되거든. 내 아들은 구석구석 누비고 다니지 않는 곳이 없기 때문에, 물에 빠진 젖소가 있었다면 벌써 어제저녁에 들었을 거야."

마음이 놓인 마리네트는 뒤늦게 목초지에 도착한 다른 젖소들과 합류했어요. 델핀은 농가 할머니와 동생이 나눈 대화 내용을 전해 듣고는 걱정이 되었어요. 할머니가 엄마 아빠를 만난다면 틀림없이 코르네트가 사라졌다고 고자질할 테니까 말이에요.

"언니 말이 맞아. 내가 그 생각을 미처 못 했어."

마리네트가 걱정하며 말했어요.

아이들은 밖에서 하룻밤을 보낸 젖소가 화를 가라앉히고 오전 중에 돌아오기를 간절히 기도했어요. 그러나 시간이 지나도 달라진 것은 아무것도 없었어요. 나머지 소들도 아이들과 마찬가지로 걱정이 되어 풀도 거의 뜯지 않았답니다. 12시가 되도록 아무런 소식이 없자 코르네트가 제 발로 돌아오리라는 희망은 이제 사라졌어요. 점심을 먹는 둥 마는 둥 마친 아이들은 근처 숲속을 뒤져보기로 했어요. 코르네트가 납치된 것이 아니라 숲속에 숨을 곳을 찾아 들어갔다가 길을 잃은 것이기를 간절히 바랐어요.

델핀은 젖소들에게 풀밭에서 기다리고 있으라고 당부했어요.

"개를 너희 곁에 두고 싶지만 아무래도 우리가 숲에서 코르네트를 찾으려면 개를 데려가는 게 좋을 것 같아. 여기에 얌전히 있겠다고 약속해줘. 토끼풀 밭으로도 가지 말고, 목이 마르더라도 너희끼리 강에도 가지 말고 우리가 올 때까지 이 자리에서 기다려야 해. 알겠지?"

"걱정 말고 다녀와." 소들이 약속했어요. "우릴 믿어도 돼. 토끼풀 밭에도 가지 않고 강가에도 가지 않을게. 너희가 지금 이렇게 걱정이 많은데 우리까지 보탤 순 없어."

아이들은 강을 건너 숲으로 들어가 한참을 걸었어요. 개는 사방으로 난 오솔길을 이리저리 뛰어다니며 나무 덤불과 수풀 사이를 뒤졌어요. 코르네트의 이름을 부르며 찾아다녔지만 허사였죠. 마주치는 토끼, 다람쥐, 노루, 어치 등

숲속 친구들에게 물어봐도, 길 잃은 젖소를 보았다는 동물은 하나도 없었어요. 까마귀 한 마리가 친절하게도 숲의 반대편까지 날아가서 길 잃은 젖소에 대해 알아봤지만, 그곳에서도 원하는 소식은 들을 수 없었어요. 모든 노력이 허사였죠. 코르네트는 그곳에 없는 게 확실했어요.

델핀과 마리네트는 낙담한 채 왔던 길을 되돌아갔어요. 시간은 오후 4시가 다 되어갔고 해 지기 전까지 코르네트를 찾을 가망은 거의 없었어요.

"오늘 저녁에도 또다시 연극을 해야겠네." 개가 한숨을 쉬며 말했어요. "틀림없이 오늘도 두세 번 걷어차이겠지."

목초지에 돌아와보니 또 다른 청천벽력 같은 일이 아이들과 개를 기다리고 있었어요. 그곳에 있어야 할 젖소 무리가 사라져서 단 한 마리도 보이지 않는 거예요. 소들이 몽땅 사라졌는데, 도대체 어디로 가버린 건지 아무런 단서도 남아 있지 않았어요. 눈앞에 벌어진 믿을 수 없는 현실에 아이들은 너무 큰 충격을 받은 나머지 엉엉 울음을 터뜨렸어요. 끝없는 발길질을 당할 생각에 개 역시 흐르는 눈물을 막을 수가 없었어요. 목초지에 더 있어봐야 별다른 방법도 없었기 때문에 아이들과 개는 집으로 돌아왔어요.

집시들은 더 이상 마차 주변에서 보이지 않았는데 그것이 조금 수상해 보였어요. 농가의 할머니에게 물어봤지만, 할머니는 사라진 젖소 떼가 어디로 갔는지 모른다면서도 집시들은 아마 알지 모른다고 말했어요. 할머니는 어린 닭 한 마리가 전날 저녁 집으로 돌아오지 않았다고 투덜거리면서, 만약 잡아먹힌 게 아니라면 집 주변 어딘가에 있을 거라고 덧붙였어요.

엄마 아빠는 아직 집에 돌아오지 않았어요. 아이들이 개만 데리고 마당에 들어서자 코르네트의 소식을 궁금해하며 기다리고 있던 오리, 고양이, 수탉, 암탉, 거위, 돼지가 깜짝 놀랐어요. 다른 젖소들까지 몽땅 사라졌다는 사실을 알고는 커다란 소동이 벌어졌죠. 거위들은 꽥꽥 울어댔고 암탉들은 놀라 사방으로 뛰어다녔어요. 돼지는 누가 자기 등껍질이라도 벗기는 것처럼 꿀꿀 소리쳤어요. 그리고 잔뜩 풀 죽은 개가 불쌍했던 수탉은 큰 소리로 울기 시작했어요. 걱정과 슬픔을 감추려고 입술을 꼭 깨물던 고양이는 수염을 삼켜 하마터면 숨이 막힐 뻔했답니다. 이 소란의 한가운데에서 아이들마저 또다시 울음을 터뜨렸고, 이 울음소리는 동물들의 소동을 한층 더 키웠죠. 다만 오리만이 침착함을 잃지 않았어요. 경험 많은 오리는 그동안 농장에서 벌어졌던 크고 작은 소동에 익숙해져 있었거든요. 아이들과 동물들을 진정시킨 후 오리는 이렇게 말했어요.

"운다고 해결되는 건 아무것도 없어. 만약 어제처럼 아줌마 아저씨가 해가 진 뒤 늦게 돌아오신다면 오늘도 잘 넘어갈 수 있을 거야. 하지만 그 전에 먼저 준비해둘 게 있어."

오리는 동물들에게 해야 할 역할을 하나하나 지시한 후 지시 내용을 동물들이 제대로 이해했는지 확인했어요. 성미 급한 돼지는 오리의 말 중간에 자꾸 끼어들려고 했어요. 마침내 발언 기회를 얻은 돼지가 말했어요.

"아주 훌륭한 계획이야. 하지만 그것보다 더 중요한 일이 있어."

"더 중요한 일이라니, 그게 뭐지?"

"그야 물론 젖소 친구들을 다시 찾는 일이지."

"당연히 그래야겠지. 하지만 어떻게?"

한숨을 쉬며 델핀과 마리네트가 물었어요.

"그건 내가 맡을게. 나를 믿어도 좋아. 내일 정오가 되기 전에 젖소들을 다 찾아놓을 테니."

돼지가 자신만만하게 말했어요. 몇 주 전부터 돼지는 경찰견 한 마리와 자주 어울려 놀았었거든요. 경찰들이 이 마을에 와서 휴가를 보낼 때 같이 온 개였어요. 그때 그 경찰견에게서 온갖 흥미로운 모험담을 들은 이후로 돼지는 자기도 그런 흥미진진한 수색 놀이를 해보고 싶어 안달복달이었어요.

"내일 새벽에 바로 들판에 나가 수색을 시작해야겠어. 분명히 흔적을 찾을 수 있을 거야. 그런데 얘들아, 너희에게 부탁할 게 있어. 가짜 수염이 필요한데 구해줄 수 있겠니?"

"가짜 수염이라고?"

아이들이 어리둥절해 물었어요.

"내 정체를 숨기려면 가짜 수염이 필요해. 그러면 아무에게도 들키지 않고 어디든 다닐 수 있을 거야."

오리가 바랐던 대로 엄마 아빠는 밤이 되어서야 집에 돌아왔어요. 아이들과 짧게 몇 마디를 나눈 후 엄마 아빠는 외양간에 갔어요. 외양간은 불빛 하나 없이 아주 깜깜했어요.

"젖소들아, 오늘 하루도 잘 보냈니?"

그러자 젖소들이 있어야 할 자리에 하나씩 대기하고 있던 수탉, 거위, 고양이, 돼지가 몸을 잔뜩 부풀린 채 대답했어요.

"더할 나위 없이 좋은 날이었어요. 날씨는 화창하고 풀도 부드럽고 친구들 모두 다정했는데 뭘 더 바라겠어요?"

"그래, 아주 좋은 하루였나 보구나."

엄마 아빠는 그렇게 말한 다음 다른 젖소 앞으로 갔어요. 그 자리에는 고양이가 대신 있었지만 그 사실을 까맣게 모르는 엄마 아빠가 물었어요.

"루주야, 너는 어땠니? 오늘 아침 안색이 다른 날보다 안 좋아 보이던데, 신선한 풀을 많이 먹었니?"

"야옹" 하고 고양이가 대답했어요. 아마도 친절한 질문에 감동했거나 아니면 방심하고 있었던 것이겠지요.

외양간 문 앞에 서 있던 델핀과 마리네트는 화들짝 놀랐지만 고양이는 당황하지 않고 얼른 말했어요.

"이 멍청한 고양이가 또 소리도 없이 제 다리 밑을 기웃거리고 있었네요. 제가 꼬리를 밟았더니 아프다고 이러나 봐요. 아이고 고소해라. 아참, 제게 오늘 잘 먹었냐고 물어보셨죠? 그랬고말고요. 제 인생에 그렇게 푸짐하게 풀을 먹어본 날이 또 있었나 싶을 정도였어요. 오늘 저녁엔 너무 배가 불러서 배가 땅에 닿을 정도예요."

이 대답에 기분이 좋아진 아빠는 젖소의 볼록한 배를 만져보고 싶었답니다. 조금만 손을 뻗었더라면 모든 게 들통났을 거예요. 하지만 다행히도 그때 구석에 있던 개가 엄마 아빠를 불렀어요. 그러자 두 분이 개가 있는 쪽으로 방향을 돌려 다가갔죠.

"우리 용감한 코르네트야, 오늘 아침에 머리가 아팠다고 들었는데 지금은 어떠냐?"

"물어봐주셔서 감사해요, 아저씨 아줌마. 머리 아픈 건 아침보다 훨씬 좋아졌어요. 아침에 두 분께 인사도 못 드리고 나갈 때 얼마나 마음이 안 좋던지요. 그 때문에 하루 종일 마음이 울적했어요."

"세상에, 착하기도 하지. 마음이 따뜻해지는구나."

코르네트의 마음씨에 감동한 엄마 아빠는 코르네트를 안아주고 싶은 마음이 들었어요. 아니면 적어도 사랑스럽게 옆구리 살을 톡톡 두드려주기라도 하려 했죠. 하지만 건초 더미 위로 한 발을 옮기기도 전에 반대쪽에서 다투는 소리가 들렸어요.

"옆구리 뼈를 부러뜨려버리겠어!" 고양이가 젖소 목소리를 흉내 내며 소리쳤어요. "이 형편없는 고양이야, 네 놈의 털이며 수염까지 몽땅 뽑아주마!"

"어디 한번 해보시지!" 고양이가 이번에는 원래 목소리로 외쳤어요. "나처럼 작은 동물이 얼마나 무서울 수 있는지 보여줄 테니까 말이야. 예의가 뭔지 가르쳐줄 테다!"

대체 왜들 소란이냐고 엄마 아빠가 물어보자 돼지가 말했어요.

"고양이 몸에 고양이 발톱이 박혔어요. 아니, 그게 아니고, 그러니까 고양이가…… 아니, 젖소가……"

"그만 됐다! 무슨 말인지 알겠다. 고양이 너는 외양간에서 얼쩡거리지 말고 당장 여기서 나가!"

엄마 아빠는 외양간 문을 나서다 말고 고개를 돌려 이렇게 물어보았어요.

"그런데 말이야 코르네트야, 풀밭에서 진짜 아무 일도 없었던 게 확실하니? 우리에게 아무것도 감추면 안 된다."

"제 말을 믿으세요, 아저씨 아줌마. 특별히 알려드릴 일은 하나도 없었어요. 심지어 멍멍이도 오늘은 아주 착했는걸요."

"아, 그래? 그것 참 놀랄 일이로구나."

"오늘처럼 멍멍이가 조용하게 지냈던 적이 없어요. 아침부터 저녁까지 내내 잠만 잔 게 아닌가 싶어요."

“잠을 잤다고? 그럼 그렇지! 이 게으른 녀석, 온종일 잠만 자고 빈둥대라고 밥 먹여가며 키우는 줄 아나? 따끔한 맛을 보여줘야겠어.”

“아저씨 아줌마, 잠깐만요! 제게 친절하신 것처럼 개에게도 공평하게 대하셔야죠……”

“그러니까 잘못한 만큼 벌을 주겠다는 거 아니냐.”

두 분이 부엌에 돌아왔을 때, 개는 난롯가에서 웅크리고 있었어요. 엄마 아빠가 개를 불렀어요.

“게으름뱅이 녀석아, 이리 와봐라!”

전날처럼 아이들이 끼어들었고, 전날처럼 개는 엉덩이를 두 차례 걷어차였어요.

다음 날 아침, 모든 게 계획대로 순조롭게 착착 진행되었어요. 평상시 엄마 아빠는 수탉의 울음소리를 듣고 잠을 깨는 습관이 있었어요. 그런데 이날 아침에는 수탉이 오리의 지시에 따라 울음소리를 내지 않았어요. 나무로 된 덧창이 꽉 닫혀 있었기 때문에 날이 밝아오는 것도 몰랐던 두 분은 덕분에 푹 잤죠. 아이들은 살그머니 일어나 조용히 옷을 갈아입고 부엌에 가서 점심 바구니를 챙긴 뒤 발끝으로 살금살금 걸어 밖으로 나갔어요. 돼지가 한시도 가만히 있지 못

하고 마당을 분주하게 왔다 갔다 하며 아이들을 기다리고 있었어요. 돼지가 나지막이 물었어요.

"내 가짜 수염에 대해서 생각해봤니?"

아이들은 돼지에게 옥수수수염을 달아주었어요. 살짝 붉은빛이 도는 아주 풍성한 금색 수염이었어요. 돼지는 뛸 듯이 기뻐했죠.

"너희는 풀밭에서 나를 기다리고 있으면 돼. 정오가 되기 전에 소들을 찾아서 너희 앞에 데리고 올게. 죽었든 살았든 말이야."

"소들이 살아서 돌아오기를 바랄게."

듣고 있던 거위가 말했어요.

"그야 물론이지. 하지만 엎어진 물을 내가 주워 담을 수는 없으니까 혹시나 해서 하는 말이야. 하지만 내 추리가 틀림없다면 소들은 분명 살아 있을 거야."

아이들과 개가 먼저 길을 나섰어요. 5분 후 돼지도 출발했죠. 주위의 시선을 끌지 않기 위해 산책하는 척 일부러 천천히 걸었어요.

아침 8시가 되어서야 잠에서 깬 엄마 아빠는 시간을 확인하고 너무 놀라 시계를 잘못 보았나 싶었어요.

“45분 동안이나 목이 터져라 울었는데 아저씨도 아줌마도 일어나지 않으셨어요. 그래서 결국 포기했어요”라고 수탉이 변명하듯 말했어요.

“아이들이 너무 깊이 잠드신 두 분을 차마 깨울 수 없어서 다른 날처럼 젖소들을 데리고 풀밭으로 나갔어요.” 오리가 말했죠. “아참, 코르네트가 이제 머리 아픈 건 다 나았다고 저더러 두 분께 전해달라고 했어요.”

평생 그렇게 늦잠을 자본 적이 단 한 번도 없었던 엄마 아빠는 혹시 병에 걸린 건 아닐까 너무 걱정이 된 나머지 그날은 밭에 나가지 않았답니다.

마을 샛길을 여기저기 어슬렁거리며 탐색하던 돼지는 오전 10시쯤 목초지에서 아이들과 다시 만났어요. 부채꼴로 펼쳐진 수염을 달고 머리는 하늘 높이 치켜든 채 다가오는 돼지를 보자 아이들은 심장이 마구 두근거렸지요.

“젖소들은 찾았니?”

“당연하지. 그러니까 내 말은, 젖소들이 어디 있는지 알아냈다는 말이야.”

“어디 있는데?”

“잠깐만, 그렇게 재촉하지 마. 일단 좀 앉을게. 나 너무 지쳤단 말이야."

풀밭에 주저앉은 돼지는 수염을 쓰다듬으며 아이들과 개에게 말했어요.

"언뜻 보면 사건이 굉장히 복잡한 것 같지만 사실 잘 생각해보면 아주 간단해. 내 얘기를 잘 들어봐. 젖소들을 도둑맞았다면 분명히 훔친 도둑이 있겠지?"

"그야 물론이지."

아이들이 맞장구쳤어요.

"그런데 말이야, 도둑이라면 당연히 옷차림이 허름하겠지."

"그렇고말고."

개가 대답했어요.

"그렇다면 이렇게 질문해볼 수 있겠지. '이 마을에서 가장 옷차림이 허름한 사람들이 누구일까?' 하고 말이야. 한번 생각해봐."

아이들이 여러 사람의 이름을 차례로 대보았지만 돼지는 짓궂은 미소를 지으며 고개를 저었어요.

"너희 정말 짐작도 못 하는구나." 돼지가 말했어요. "우리 마을에서 행색이 가장 초라한 사람들은 이틀 전부터 길가에 진을 치고 있는 집시들이잖아."

"맞아! 처음부터 나도 그렇게 생각하고 있었어!"

아이들과 개가 동시에 소리쳤어요.

"그래. 그럼 그렇지. 너희 말을 들으니 마치 스스로 진실을 알아낸 것 같구나. 조금 있으면 너희는 나의 명석한 추리로 진실이 밝혀졌다는 것도 잊어버릴 테지? 세상은 언제나 이렇게 배은망덕하다니까. 할 수 없지…… 그렇다고 내가 뭐 어쩌겠어."

돼지가 말했어요. 마음이 상했지만, 친구들이 칭찬해주자 이내 쾌활함을 되찾았어요. "이제 남은 일은 도둑을 찾아가서 자백을 받아내는 것뿐이야. 나한테 그런 것쯤은 식은 죽 먹기지."

"나도 같이 갈게."

개가 나섰어요.

"아냐, 이건 아주 조심스럽게 접근해야 해. 네가 있으면 되레 일을 망칠 수 있어. 그리고 난 혼자 일하는 게 편해."

12시가 되기 전에 젖소들을 찾아오겠다는 약속을 남기고 돼지는 목초지를 떠나 아이들 시야에서 사라졌어요. 돼지가 집시들이 있는 곳에 도착했을 때, 집시들은 둥그렇게 모여 앉아서 바구니를 짜고 있었어요. 그들의 옷차림은 너무 남루해서 몸을 겨우 가리는 정도였어요. 마차에서 몇 발짝 떨어진 곳에는 자기 주인을 닮아 비쩍 마르고 초라하기 이를 데 없는 늙은 말 한 마리가 풀을 뜯고 있었어요. 돼지는 씩씩하게 앞으로 걸어가 쾌활한 목소리로 집시들에게 말을 걸었어요.

"안녕하세요, 여러분!"

집시들이 이 새로운 방문객을 훑어보았어요. 그중 한 남자가 경계하는 말투로 "안녕!" 하고 인사에 답했죠.

"댁에 있는 식구들도 안녕하신가요?"

돼지가 물었어요.

"잘 지내오."

남자가 대답했어요.

"아이들도요?"

"잘 지내오."

"할머니도요?"

"그렇소."

"말도 잘 지내고요?"

"물론이오."

"그럼 젖소들도요?"

"그렇소." 아무 생각 없이 대답했던 남자는 곧바로 고쳐 말했어요. "젖소는 말이오, 잘 지내고 말고 할 게 없소만. 우리에게는 젖소가 없으니까 말이오."

"이제 와서 발뺌해봤자 소용없지!" 돼지가 기세등등하게 소리쳤어요. "이미 자백했잖아요. 당신들이 젖소들을 훔쳐 간 게 틀림없어요!"

"이게 대체 무슨 소리람?"

남자가 눈썹을 찡그리며 말했어요.

"다 들을 필요도 없어요. 연극은 그만하시고 훔쳐 간 젖소들이나 내놓으시죠. 안 그러면……"

돼지가 대꾸했어요. 하지만 돼지의 말은 거기서 끝났어요. 집시들이 자리에서 일어나 돼지를 걷어차는 바람에 코 위에 걸쳐져 있던 수염이 벗겨져버렸어요. 돼지가 화를 내며 협박해봤지만 오히려 집시들의 분을 돋울 뿐이었어요. 흠씬 두들겨 맞다가 간신히 빠져나온 돼지는 가짜 수염을 길에 줄줄 흘리며 도망가다가 근처 농가 마당으로 몸을 피했어요. 농가 주인 부부가 돼지를 친절하게 맞아주었어요.

오후 2시, 목초지에서 돼지가 돌아오기를 목이 빠져라 기다리고 있던 아이들에게 오리가 찾아왔어요. 반가운 소식이 없나 궁금해서 온 것이었어요. 오리는 집시를 범인으로 지목한 이유를 듣고는 돼지의 논리가 상당히 설득력 있다고 인정했어요.

"사람을 판단할 때 인상은 언제나 중요한 법이야. 내 생각엔 우리 친구 돼지가 거의 해결한 거 같아. 지금쯤 아마 코르네트와 다른 젖소들을 찾아냈을 거야. 친구들을 찾으러 가보자."

오리, 개와 함께 아이들은 마차가 있는 곳으로 갔어요. 하지만 거기에는 아무도 없었죠. 집시들이 아침 내내 만든 바구니를 팔러 읍내로 나갔기 때문이에요. 아무도 없었지만 오리는 걱정하지 않았어요. 고개를 숙여 길에 깔려 있는 자갈들을 살펴봤어요. 오리가 말했어요.

"얘들아, 이것 좀 봐. 노란색 수염이 여기저기 듬성듬성 떨어져 있어. 돼지가 정말 영리한걸! 이 수염을 따라가다 보면 어딘가에 도착하겠지."

길 위에 떨어진 옥수수수염을 따라가던 네 친구들은 곧 이웃 농가의 마당까지 왔어요. 농가 주인 부부가 바로 거기에 있었죠.

"안녕하세요." 오리가 말했어요. "제가 지금까지 보아온 두 분은 절대 좋은 사람들이 아니에요. 외모만큼이나 못된 심보를 가진 두 분이 어떻게 아직까지 감옥에 안 갔을까요?"

농가 주인 부부가 깜짝 놀라 서로 얼굴을 마주 보는 사이 오리가 델핀과 마리네트를 향해 말했어요.

"얘들아, 외양간 문을 열고 조용히 들어가봐. 신선한 공기를 마시고 싶어 안달 난 동물들이 거기 있을 거야. 물론 너희가 아는 얼굴들이겠지."

주인 부부는 아이들이 못 들어가게 막으려고 외양간 문 앞으로 달려갔어요. 이때 오리가 경고했어요.

"손가락 하나라도 까딱했다간 우리 친구한테 물어뜯기게 될 거예요."

주인 부부가 움직이지 못하게 개가 지키고 있는 동안 아이들이 외양간으로 들어갔어요. 그러고는 곧 돼지와 젖소 무리를 앞세워 밖으로 나왔죠. 코르네트는 죄를 지은 듯 다른 젖소들 틈에 숨어서 앞으로 나서려 하지 않았고 부부는 체념한 듯 고개를 떨구었어요. 오리가 말했어요.

"두 분은 동물을 굉장히 좋아하시나 봐요."

"우리는 그냥 장난친 것뿐이야." 할머니가 말했어요. "그저께 코르네트가 와서 2~3일만 자기를 재워달라고 했어. 아이들을 골려주려 그랬던 거라고."

"거짓말 말아요!" 코르네트가 소리쳤어요. "저는 단지 하룻밤만 재워달라고 했는데, 그다음 날 두 분이 저를 억지로 가두셨잖아요."

"그럼 다른 젖소들은 왜 데리고 가셨던 거죠?"

델핀이 물었어요.

"그야 코르네트 혼자 있으면 심심할까 봐 그랬던 거지. 코르네트에게 친구들을 데려다주고 싶었을 뿐이야."

"우리가 풀밭에 있을 때 이 할머니가 찾아와서는 코르네트가 병에 걸려 우리를 찾고 있다는 거야. 그래서 의심 없이 할머니를 따라갔어."

젖소 한 마리가 설명했어요.

"나도 똑같았어." 돼지가 툴툴거렸어요. "조금 전에 외양간으로 들어갈 때 두 사람의 말을 조금도 의심하지 않았거든."

남은 평생을 감옥에서 보내게 될 거라고 두 부부에게 호통친 후 오리는 친구들을 모두 데리고 나왔어요. 돌아오는 길에 오리는 아이들과 헤어졌어요. 아이들은 젖소 무리를 이끌고 목초지로 갔고 오리는 돼지와 함께 집으로 돌아갔죠. 돼지는 실패로 돌아간 자신의 모험과 빗나간 추리에 시무룩해 있었어요.

"오리야, 너는 어떻게 농가 부부가 범인이라는 걸 눈치챘어?"

"오늘 아침에 그 농가의 할아버지가 우리 집 앞을 지나갔거든. 마침 우리 아줌마 아저씨가 마당에 계신 걸 보고 잠시 들러서 이야기 나누는 걸 봤는데, 이상하게도 젖소가 사라진 일에 대해서 한마디도 안 하더라고. 어제 이미 아이들에게 들어서 다 알고 있는데도 그 이야기를 안 하다니 수상하지 뭐야."

"아이들이 아줌마 아저씨에게 사실대로 말하지 않은 걸 알고, 아이들이 야단맞을까 봐 일부러 안 했을 수도 있잖아."

"평소에 둘은 아이들이 야단맞는 걸 보며 즐기는 사람들이었어. 게다가 그 사람들은 도둑놈처럼 생겼잖아."

"하지만 그건 증거가 될 수 없어."

"내게는 그게 증거였어. 그거 하나만으로도 사실 충분했지만, 조금 전 옥수수수염을 따라가다가 그 집 외양간 앞에 다다랐을 때에는 더 이상 의심의 여지가 없어졌지.”

“그래. 그래도 그 사람들이 집시들보단 옷을 잘 차려입었지.”

한숨을 쉬며 돼지가 말했어요.

그날 저녁 아이들이 젖소들을 데리고 집에 돌아왔을 때, 엄마 아빠는 마당에 나와 있었어요. 멀리서 엄마 아빠를 본 코르네트는 무리에서 떨어져 나와 두 분에게 달려갔어요.

“어떻게 된 일인지 제가 다 설명할게요. 모든 것이 다 델핀과 마리네트 잘못이에요.”

코르네트는 자기와 다른 젖소들이 없어졌던 일에 대해 이야기했어요. 하지만 지난밤 분명히 외양간에서 젖소들과 이야기를 나눴던 일을 기억하고 있는 엄마 아빠는 코르네트가 무슨 소리를 하고 있는지 도통 이해할 수가 없었어요. 다른 젖소들과 돼지가 자신의 이야기를 부인하자 코르네트는 분해서 숨이 넘어갈 지경이었어요.

“벌써 몇 주 전부터 코르네트가 완전히 정신 나간 것 같아요.” 오리가 말했어요. “아무거나 말도 안 되는 이야기를 지어내서 아이들과 개를 혼낼 궁리만 하고 있어요.”

“그래, 우리가 보기에도 그런 것 같구나.”

엄마 아빠가 고개를 끄덕였어요.

그날 이후 엄마 아빠는 코르네트가 무슨 얘기를 해도 믿지 않았답니다. 너무나 상심한 나머지 입맛을 잃어버린 코르네트는 이제 젖도 거의 나오지 않았어요. 그렇게 된 이상 코르네트에게 남은 것이라고는 잡아먹히는 일뿐이었죠.

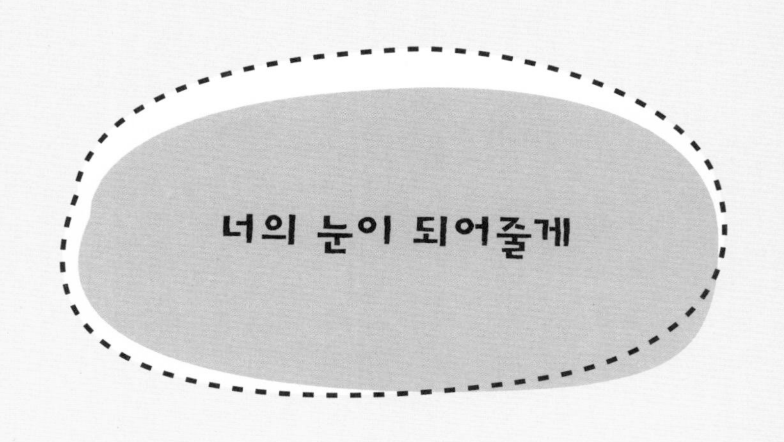

너의 눈이 되어줄게

델핀과 마리네트가 엄마 아빠의 심부름을 갔다가 돌아오는 길이었어요. 집까지는 1킬로미터쯤 남아 있었어요. 바구니 안에는 비누 세 개와 설탕빵 한 덩이, 송아지 순대와 15센트어치의 정향이 담겨 있었어요. 아이들은 각자 바구니 끝을 한쪽씩 잡고 흔들면서 즐겁게 노래를 부르고 있었어요. 길모퉁이를 돌며 "랄랄라……" 노래의 후렴구를 부를 때쯤이었어요. 아이들은 털이 부스스한 커다란 개 한 마리가 고개를 숙이고 걸어가는 모습을 보았어요. 개는 기분이 썩 안 좋아 보였어요. 위는 말려 올라가고 아래는 처진 입술 사이로 뾰족하고 번들거리는 송곳니를 드러내며, 혀는 땅바닥에 축 늘어뜨린 개였죠. 그런데 갑자기 꼬리를 세게 흔들면서 길가로 덤벙대고 뛰다가 그만 나무에 머리를 부딪히고 말았어요. 놀라서 뒤로 물러선 개는 으르렁거리며 화를 냈어요. 아이들은 길을 가던 도중에 깜짝 놀라 송아지 순대가 찌그러지는 것도 모른 채 서로 꽉 붙어 서 있었어요. 마리네트가 계속해서 "랄랄라……" 노래를 부르기는 했지만 목소리는 점점 떨리며 작아졌어요.

"무서워 마. 난 사나운 개가 아니야. 오히려 그 반대라고. 앞을 못 보기 때문에 지겹고 짜증이 나서 그래."

개가 말했어요.

"아, 저런! 불쌍해라. 그런 줄 몰랐어."

아이들이 말했어요.

개는 계속 더 힘차게 꼬리를 흔들면서 아이들에게 다정하게 다가와 다리를 핥고는 바구니 냄새를 킁킁거리며 맡았어요. 그리고 말을 이어나갔어요.

"결국 이렇게 됐군. 그나저나 잠시 좀 앉아야겠어. 보다시피 난 힘이 하나도 없어."

아이들은 경사진 풀밭 위에 개와 마주 보고 앉았어요. 델핀은 바구니를 다리 사이에 조심스레 내려놓았어요.

"아! 쉬기 좋은 날씨야!" 개는 한숨을 쉬며 말했어요. "내 이야기로 돌아와서, 내가 눈이 멀기 전 이야기를 해줄게. 난 앞 못 보는 사람을 위해 일했었어. 어제까지도 보다시피 목줄을 차고 주인님께 길을 안내했었는데, 내가 얼마나 도움이 됐을지 이제 더 잘 알겠어. 나는 산사나무 꽃이 가득 핀 제일 좋은 길로 어디든 주인님을 모시고 다녔어. 그러다 농장 근처에 이르면 주인님께 '농장에 왔습니다'라고 말씀드리곤 했어. 그러면 농부들이 주인님께는 빵 한 덩이를 주고 내게는 뼈다귀를 던져 주곤 했어. 가끔 우리는 농장 곳간에서 잠을 자기도 했지. 종종 나쁜 사람을 만나기도 했는데 그때 나는 주인님을 보호해드렸어. 너희도 알지? 잘 길들여진 개들이 어떤지? 사람들은 가난해 보이는 떠돌이를 그다지 좋아하지 않거든. 그런데 내가 사나운 표정으로 으르렁대면 우리를 지나가도록 내버려 두었지. 난 내가 원할 때 사나운 얼굴을 할 수 있어. 자, 날 좀 봐봐……"

개는 이빨을 드러내고 큰 눈을 부릅떠 굴리면서 으르렁거렸어요. 아이들은 당황하고 놀랐어요. 마리네트가 말했어요.

"그만해."

"그냥 보여주려고 한 거야." 개가 말했죠. "보다시피, 어쨌든 나는 주인님께 이런저런 도움을 드려왔어. 참, 주인님이 내 이야기를 들으며 즐거워하셨다는 말을 안 했구나. 물론 나는 개에 지나지 않지만 말이란 늘 시간을 때워주잖니……"

"너는 개인데 사람만큼 말을 잘하네."

"너희는 아주 친절하구나. 우아, 세상에! 바구니에서 너무 좋은 냄새가 나는걸!…… 근데 내가 너희에게 무슨 이야기를 하고 있었지?…… 아, 그래! 우리 주인님! 나는 주인님이 편하게 생활하도록 애써왔는데 그분은 전혀 만족하지 않았어. 이유도 없이 날 발로 차곤 했어. 그런데 그저께 주인님이 나한테 다정히 말하면서 쓰다듬기 시작했을 때, 내가 얼마나 놀랐는지 알겠니. 당황스러웠어. 사실 쓰다듬어 주는 것보다 더 좋은 건 없거든. 아주 기분이 좋아지지. 한번 날 쓰다듬어봐……"

개는 목을 길게 빼고 두 아이들에게 커다란 머리를 내밀었어요. 아이들이 개의 부스스한 털을 쓰다듬자, 정말로 개는 꼬리를 마구 흔들어대면서 작은 목소리로 "우아, 와, 아!" 라고 소리를 냈어요.

"너희 정말 착하구나. 이렇게 내 말을 들어주다니. 근데 내가 하던 이야기를 마쳐야겠구나. 주인님은 그렇게 나를 수없이 쓰다듬더니 갑자기 말씀하셨어. '멍멍아, 내 아픔을 가져가서 나 대신 맹인이 될 수 있겠니?'라고 말이야. 정말 생각지도 못한 말이었어. 앞 못 보는 눈을 대신 가져가라니, 가장 친한 친구라 해도 주저할 만한 일이잖아. 나에 대해 너희가 어떻게 생각해도 좋지만, 난 안 된다고 말했어."

"저런, 당연하지!"

아이들이 소리쳤어요.

"그렇지? 아! 나처럼 생각해줘서 정말 다행이네. 그렇지만 나는 단번에 받아들이지 않은 걸 약간 후회하기도 했어."

"단번에? 그럼 멍멍아, 너 혹시……"

"기다려봐, 어제 주인님은 내게 전날보다 더 다정하게 대해주셨어. 내가 거절한 게 창피할 만큼 다정한 손길로 나를 쓰다듬으셨거든. 결국엔 뭐, 그러는 게 낫겠다 싶어서 바로 받아들이고 말았어. 아! 나한테 약속하셨거든. 내가 행복해질 거라고, 내가 주인님을 위해 했던 것처럼 길을 안내해줄 거라고, 내가 지켜드렸듯 나를 지켜줄 수 있을 거라고 하셨는데…… 그런데 내가 주인님의 아픈 눈을 받자마자 작별 인사 한마디도 없이 나를 버리고 가버리셨어. 그래서 어제 저녁부터 이렇게 시골에 혼자 남아 나무에 부딪히고, 길가 돌부리에 발이 걸려 넘어지고 그랬어. 그러다 방금 전 송아지 고기 냄새를 맡고 노래 부르는 두 소녀의 목소리를 듣게 된 거야. 어쩌면 너희는 날 쫓아버리지 않을지도 모른다고 생각했어……"

"뭐! 아니야, 오길 잘했어."

아이들은 말했어요.

개는 한숨을 내쉬고는 바구니 냄새를 맡으며 말했어요.

"나 배도 고픈데…… 저기 안에 있는 게 송아지 고기 아니니?"

"응, 맞아. 송아지 순대야." 델핀이 말했어요. "그런데 멍멍아, 이해해줘. 우리는 심부름으로 엄마 아빠에게 이걸 가져가는 중이야. 우리 게 아니어서……"

"그럼, 더 생각을 말아야겠구나. 어찌되었건 무지 맛있을 것 같네. 그런데 얘들아, 혹시 나를 너희 부모님께 데려다주지 않을래? 부모님이 날 곁에 두고 돌봐주지는 않으시더라도, 적어도 뼈다귀 한 개나 수프 한 접시를 주시거나 하룻밤 머무는 정도는 거절하지 않으시겠지?"

아이들은 개를 데려갈 수 있다면 더 이상 바랄 게 없었어요. 멍멍이와 계속 집에 함께 있기를 바랐지요. 그저 엄마 아빠가 멍멍이를 받아줄지가 약간 걱정되었어요. 개가 오면 무서운 눈으로 째려볼, 집에서 막강한 힘을 갖고 있는 고양이도 생각해야만 했어요. 델핀이 말했어요.

"이리 와봐, 우리가 너를 보살필 수 있도록 최선을 다해 볼게."

셋이 자리에서 일어섰을 때, 아이들은 길가를 어슬렁거리는 강도를 봤어요. 강도는 심부름 가는 아이들을 노리다가 바구니를 빼앗곤 했어요. 마리네트가 말했어요.

"그 사람이야, 우리 심부름 바구니를 훔치는 사람 말이야."

"걱정하지 마, 바구니를 넘볼 생각 못 하게 내가 가서 머리를 한 방 날리고 올게."

그 남자는 성큼성큼 다가와 아이들의 바구니에 한가득 담긴 음식을 생각하며 손바닥을 비벼댔어요. 그런데 남자가 으르렁거리는 사나운 개를 보더니 손을 비벼대는 것을 멈추었어요. 모자를 들어 인사하고는 다른 쪽 길로 가버렸어요. 아이들은 면전에서 남자를 비웃지 않으려고 무진 애를 썼어요. 남자가 사라지자 개가 말했어요.

"봤지? 내가 비록 눈은 멀었어도 아직은 쓸모 있다는 걸 알겠지."

개는 아주 만족스러워했어요. 개는 아이들 옆에서 걸었는데, 아이들이 돌아가면서 개 목에 매인 줄을 잡고 이끌어 주었기 때문이에요. 개가 말했어요.

"나는 너희와 사이좋게 지낼 것 같아! 근데 얘들아, 이름이 뭐니?"

"줄을 잡고 있는 애가 내 동생, 마리네트야. 머리가 나보다 더 금발이야."

개는 멈춰서 마리네트의 냄새를 킁킁거리며 맡았어요. 그리고 말했어요.

"좋아, 마리네트. 음! 알아볼 수 있겠어. 그리고 넌?"

"우리 언니, 델핀이야."

이번엔 마리네트가 말했어요.

"그래, 델핀, 그 이름도 잊지 않을게. 옛 주인님과 떠돌아다닌 덕분에 여자아이들을 많이 알게 되었지만 솔직히 델핀과 마리네트만큼 예쁜 이름은 없었단다."

아이들의 얼굴이 붉어졌지만 개는 그걸 알아볼 수 없었기 때문에 계속해서 칭찬을 늘어놓았어요. 개는 아이들에게 목소리도 아주 예쁘다고, 엄마 아빠가 송아지 순대를 사오라는 중요한 심부름을 맡길 정도로 분명 똘똘할 거라고 말했어요.

"송아지 순대를 너희가 골랐는지 아닌지 나야 모르지만 정말 향이 기막히게 좋구나……"

개의 모든 말은 송아지 순대 이야기를 다시 끄집어내기 위한 구실이었어요. 개는 지치지도 않고 송아지 순대 이야기를 했어요. 개가 계속 바구니에 코를 들이댈 때마다, 앞을 보지 못하기 때문에 몇 번이고 마리네트의 다리에 부딪혀 마리네트가 넘어질 뻔했어요. 델핀이 개에게 말했어요.

"내 말 들어봐 멍멍아, 송아지 순대에 대해서는 더 이상 생각하지 않는 게 좋겠어. 순대가 내 거라면 너한테 정말 주고 싶지만 알다시피 그럴 수가 없어. 만약 우리가 송아지 순대를 엄마 아빠에게 가져다드리지 못한다면 뭐라고 하시겠니?"

"물론 너희를 혼내시겠지……"

"그리고 네가 순대를 먹었다고 이야기해야 할 텐데, 그럼 잠자리를 주는 대신 오히려 쫓아내실 거야."

"어쩌면 너를 때리실지도 몰라."

마리네트도 덧붙여 말했어요.

"너희 말이 맞아." 개는 그제야 고개를 끄덕였어요. "그렇지만 내가 송아지 순대 이야기를 하는 게 내 식탐 때문이라고 생각하지는 말아줘. 내가 계속 그 이야기를 한 건 나한테 송아지 순대를 달라는 뜻이 절대 아니야. 게다가 난 송아지 순대에 관심도 없어. 물론 아주 맛있긴 하지만 뼈가 없다는 게 아쉽지. 송아지 순대가 식탁에 오른다면 주인님들이 다 먹어버릴 테니 개한테 남는 건 아무것도 없어."

이렇게 이야기하는 사이에, 아이들과 눈먼 개는 어느새 집 앞에 다다랐어요. 제일 먼저 그들을 본 것은 고양이였어요. 고양이는 화가 난 듯 등을 크게 부풀리고 털을 세우더니 꼬리를 휘저었어요. 그러다 부엌으로 가서 엄마 아빠에게 말했어요.

"아이들이 개 한 마리를 끌고 돌아왔어요. 전 싫은걸요."

"개라고? 설마!"

엄마 아빠가 말했어요.

마당으로 나간 엄마 아빠는 고양이가 거짓말하지 않았다는 걸 알게 되었죠. 두 분은 화난 목소리로 물었어요.

"이 개를 어디서 만난 거야? 왜 여기 데려온 거니?"

“앞 못 보는 불쌍한 개예요. 길가 나무에 계속 머리를 부딪히고 있는 게 너무 불쌍해 보여서요……”

“어쨌든. 낯선 사람에게 말 걸지 말라고 했잖아!”

그러자 개가 한 발 앞으로 나와 고개 숙여 인사하며 엄마 아빠에게 말했어요.

“눈먼 개에게는 이 집에 머물 곳이 없다는 것을 잘 알겠어요. 더 지체하지 않고 곧 제 갈 길을 가겠습니다. 그런데 떠나기 전, 제가 아이들을 좀 칭찬해도 되겠는지요. 아주 영리하고 말을 잘 듣는 따님들을 두셨더군요. 좀 전에 길을 헤매다 송아지 순대의 맛있는 향을 맡게 되었어요. 전날부터 굶었기 때문에 저는 송아지 순대가 너무 먹고 싶었죠. 하지만 따님들은 제가 바구니를 못 만지게 했어요. 제 인상이 고약했을 텐데도 말이죠. 그리고 아이들이 제게 뭐라 했는지 아세요? ‘이 송아지 순대는 우리 부모님께 드릴 거야. 부모님 것이라 너에게 줄 수 없어’라고 말했답니다. 저와 같은 생각이신지 모르겠지만 따님들만큼 이렇게 영리하고 착하고 귀여운 소녀들을 만나면 저는 더 이상 배고픔도 잊고, 얘네 부모님은 얼마나 큰 행운을 받으셨는지 생각하게 된답니다……”

엄마는 두 딸에게 이미 미소를 지어 보였고 아빠는 개의 칭찬에 한껏 으쓱해졌어요. 아빠가 말했어요.

"난 아이들에게 불만은 없단다. 착한 아이들이니까. 조금 전 아이들을 혼낸 건 나쁜 사람들을 조심시키려 한 거란다. 우리 아이들이 너를 집에 데려온 것이 무척 기쁘구나. 맛있는 수프를 좀 줄게. 오늘 밤 쉬었다 가게 해주마. 그런데 어쩌다 눈이 멀어서 이렇게 혼자 거리를 헤매게 됐니?"

그러자 개는 주인의 아픈 눈을 받은 후에 어떻게 버려지게 됐는지 한 번 더 자신의 이야기를 들려주었어요. 엄마 아빠는 개의 이야기를 귀 기울여 들었고 놀라움을 숨기지 못했어요. 아빠가 말했죠.

"너야말로 세상에서 가장 착한 개로구나. 그런데 너무 착한 게 흠일 수도 있어. 그런 인정을 베풀었으니 내가 너를 위해 뭔가 하고 싶구나. 원하는 만큼 오래 우리 집에 머물러도 좋아. 너에게 개집도 지어줄게. 매일매일 수프와 뼈다귀도 충분히 먹게 해줄 수 있지. 여기저기 많이 다녔을 테니 우리에게 네가 다닌 고장들에 대해 들려주렴. 우리에겐 뭔가 배울 수 있는 기회가 될 거야."

아이들은 너무 좋아서 얼굴이 상기되었고 모두 아빠의

결정에 기뻐했답니다. 고양이도 감동받아서, 털을 세우는 대신 콧수염을 살랑거리며 개를 다정하게 바라보았어요.

"정말 행복해요." 개는 안도의 숨을 쉬며 말했어요. "버려진 이후, 이렇게 따뜻하게 맞아주는 가정을 만나리라 기대하지도 않았는데……"

"나쁜 주인을 만났었구나." 아빠가 말했어요. "고약하고, 이기적이고 배은망덕한 사람 같으니라고! 그자가 이곳을 지나가기만 해봐. 자기 행동에 창피함을 느끼게 해줄 테니까. 단단히 벌을 줄 거야."

개는 고개를 젓더니 한숨지으며 말했어요.

"주인님은 지금쯤 이미 벌을 받고 있을 게 분명해요. 절 버린 것을 후회할 거라고 말하려는 게 아니라, 저는 주인님의 게으른 버릇을 잘 알거든요. 주인님은 이제 앞을 볼 수 있으니 돈을 벌려면 일을 해야 하는데, 길을 편하게 안내받고 지나가는 사람들에게 빵과 온정을 기대하며 아무것도 하지 않던 좋은 시절이 끝난 걸 아쉬워하고 있을걸요. 주인님의 처지가 염려되긴 해요. 주인님보다 더 게으른 사람은 세상에 없을 거예요."

그러자 고양이가 수염을 가리고 웃기 시작했어요. 자신

을 버린 주인을 걱정하다니, 너무 멍청하다고 생각하다 그만 웃음이 터진 거예요. 엄마 아빠도 고양이와 같은 생각을 했는지 거리낌 없이 말했어요.

"불행을 겪고도 정신을 못 차리면, 매번 똑같을 거야!"

개는 고양이와 엄마 아빠의 말을 듣고 그만 창피해서 귀를 축 늘어뜨렸어요. 하지만 아이들은 개의 목을 끌어안아 주었고 마리네트는 고양이의 눈을 쳐다보며 말했어요.

"멍멍이가 너무 착해서 그런 거야. 고양이 너야말로 비웃을 게 아니라 더 착해져야 해."

그러자 델핀도 거들며 말했어요.

"너랑 놀 때, 우리를 할퀴고 엄마 아빠한테 벌 받게 하는 것도 더 이상 하지 마!"

"너 어제저녁에도 그랬잖아!"

이번에는 고양이가 난처해하며 창피해했어요. 시무룩해진 고양이는 아이들에게 등을 보인 채 어슬렁거리며 집 쪽으로 갔어요. 자기한테는 공평하지 않다고, 일부러 그런 게 아니라 장난으로 할퀸 거고 실제로는 자기도 개만큼 착하거나 아니면 뭐 더 착할 수도 있다고 투덜대면서 말이죠.

아이들은 개와 함께 다니는 것이 무척 즐거웠어요. 심부름을 갈 때면, 아이들이 개에게 말했어요.

"멍멍아, 우리랑 같이 심부름 갈래?"

"와, 좋지! 빨리 목줄을 해줘!"

개는 답하곤 했어요.

델핀이 개에게 목줄을 해주면 마리네트가 줄을 끌고(마리네트와 개 둘 중 어느 쪽이 끄는지는 모르겠지만) 셋이 함께 심부름을 가곤 했답니다.

길을 가다 들판에 소 떼가 지나간다거나 하늘에 구름이 지나간다는 이야기를 아이들이 개에게 해주면, 앞을 볼 수 없는 개는 소 떼와 구름이 지나가고 있다는 것을 알게 되어 기뻐했어요. 하지만 아이들은 보이는 것을 모두 개에게 말해줘야 하는지 알 수 없을 때가 있었는데 그러면 개가 아이들에게 질문을 하곤 했어요.

"자, 어서. 새들의 부리 색이랑 모양만이라도 말해주라."

"음, 그러니까 가장 큰 새는 등이 노랗고 날개가 검어. 꼬리는 검은색과 노란색이네……"

"그렇다면 그건 꾀꼬리야. 곧 노랫소리를 들을 수 있겠구나."

그런데 꾀꼬리가 좀처럼 노래를 부를 것 같지 않자, 아이들에게 들려주기 위해서 개가 직접 노래 부르는 시늉을 했어요. 하지만 짖어대기만 할 뿐, 그 모습이 어찌나 우습던지 아이들은 가던 길을 멈추고 마구 웃어댔어요. 또 언젠가는 산토끼나 여우가 산기슭을 지나고 있었는데, 그걸 제일 먼저 알려준 것도 바로 개였어요. 개는 바닥에 코를 대고 킁킁거리며 말했어요.

"토끼 냄새가 나는데…… 저쪽을 봐봐."

셋은 길을 가는 내내 웃었어요. 그들은 한 발 들고 셋 중에 누가 가장 빨리 걷나 놀이를 하기도 했는데, 항상 개가 이겼어요. 왜냐하면 개에게는 발이 셋이나 더 있었으니까요.

"이건 불공평해. 우리는 한 발로만 가니까."

아이들이 말했어요.

"에이! 그래도 너희처럼 큰 발이라면 어렵지 않다고!"

한편 고양이는 아이들과 함께 심부름 가는 개를 볼 때면 마음이 괴로웠어요. 고양이는 아침부터 저녁까지 개의 다리 사이에서 가르랑거리며 놀고만 싶었어요. 개를 아주 좋아했거든요. 델핀과 마리네트가 학교에 가 있는 동안, 고양이와 개는 거의 항상 같이 있었어요. 비 오는 날이면 둘은 개집에서 서로 수다를 떨며 시간을 보냈고, 날씨가 좋은 날이면 개는 항상 들판으로 나가 달릴 준비가 되어 있었답니다. 그럴 때면 개는 친구 고양이에게 말했어요.

"게으른 고양이야, 일어나 산책하러 가자."

"가르랑, 가르랑."

고양이는 가르랑거렸어요.

"자, 가자고. 나에게 길을 안내해줘."

"가르랑, 가르랑."

고양이는 계속해서 가르랑댔어요(사실은 놀자는 뜻이었죠).

"자는 척하려는 거지? 하지만 난 다 알아. 너 안 자는 거. 오호, 내가 원하는 게 뭔지 알잖아…… 자!"

그러면 개는 자세를 낮추고 고양이는 편한 자세로 개의 등에 올라타곤 했어요. 그러고 나서 둘은 산책을 갔어요.

"자, 곧장 앞으로…… 왼쪽으로 돌아…… 근데 알지, 힘들면 내릴게."

고양이가 말했어요. 그러나 개는 전혀 피곤해하지 않았어요. 개는 고양이에게 비둘기의 솜털보다도 더 가볍다 말

하곤 했어요. 둘은 들판으로, 마당으로 산책을 하면서 농장 생활에 대해, 아이들과 아이 부모에 대해 이야기를 나누곤 했답니다. 여전히 고양이가 델핀과 마리네트를 할퀴곤 했지만 고양이는 진짜 착해졌어요. 친구인 개가 자기 운명에 만족하는지, 충분히 먹고 잠도 충분히 자는지 고양이는 늘 걱정했지요. 고양이는 개에게 물어보곤 했어요.

"농장에서 지내는 게 즐겁니, 멍멍아?"

"음, 그럼! 불평할 게 없어. 모두 친절하시고……"

개는 한숨을 내쉬며 말했어요.

"그렇게 말하지만 그래도 뭐가 있는 걸 난 알아."

"아냐, 절대로 없어. 맹세해."

개는 말했어요.

"너의 주인님이 그립니?"

"아니, 고양아, 진짜 솔직하게 아니야…… 게다가 좀 원망스럽단다…… 아무리 행복하고 좋은 친구가 있어도 예전의 눈으로 바로 보고 싶은 맘은 어쩔 수 없나 봐."

"당연하지, 그럴 거야……"

고양이도 한숨을 내쉬었어요.

하루는 아이들이 개에게 함께 심부름을 가지 않겠냐고

물었는데, 고양이가 불편한 심기를 드러내며 아이들에게 "너희끼리 가야지, 두 말괄량이와 심부름을 가느라 눈먼 개가 길에 있게 되는 건 아닌 것 같다"고 말했어요. 아이들은 웃기만 했는데, 마리네트가 고양이에게도 자기들과 함께 가자고 제안했지요. 고양이는 마리네트를 위아래로 훑어보며 새침한 목소리로 말했어요.

"마치 나, 고양이인 내가 심부름하러 갈 수 있는 것처럼 말하는군!"

"네가 좋아할 거라 생각했는데, 뭐 남아 있는 게 더 좋다면 네 맘대로 해!"

고양이가 화난 걸 알고 델핀이 몸을 숙여 쓰다듬으려 했는데, 고양이가 그만 피가 나도록 델핀의 손을 할퀴고 말았어요. 자기 언니를 할퀸 고양이에게 화가 난 마리네트가 고양이의 수염을 잡아당기며 말했어요.

"요 늙은 고양이처럼 못된 녀석은 한 번도 본 적이 없어!"

"에잇!" 고양이는 마리네트도 발톱으로 할퀴며 반격했어요. "다 네 탓이야!"

"어! 너, 나까지 할퀴고 그래!"

"그래, 너까지 할퀴었어! 아줌마 아저씨한테 네가 내 수염을 잡아당겼다고 일러바쳐서 벌 받게 할 거야."

고양이는 벌써 집 쪽으로 가고 있었어요. 그런데 그때, 아무것도 보지 못하는 개가 자신의 귀를 의심하고는 고양이에게 엄하게 말했어요.

"고양아, 정말이지 나는 네가 나쁘다고 생각하지 않았는데, 지금 보니 아이들이 옳고 네가 고약한 고양이라고 인정할 수밖에 없네. 아! 정말이지, 기분이 안 좋아…… 얘들아, 잰 그냥 두고 심부름이나 가자."

고양이는 너무 당황스러워서 아무 대꾸도 하지 못했어요. 후회할 새도 없이 그저 그들이 떠나는 것을 내버려 둘 수밖에 없었어요. 이미 길을 나선 개는 머리를 가로저으며 계속 말했어요.

"기분이 정말 안 좋아."

고양이는 마당 한가운데에 네 다리로 꼼짝 않고 서 있었어요. 고양이는 무척 괴로웠어요. 아이들을 할퀴지 말았어야 했다는 것과 자신이 잘못 행동했다는 것을 그제야 깨달았어요. 그러나 특히 마음 아팠던 건, 더 이상 개가 자기를 좋아하지도 않고 나쁜 고양이로 여길 거라는 생각이 들어서였어요. 고양이는 이후 온종일 다락방 구석에서 시간을 보내며 무척이나 마음 아파했어요. 그러고는 혼잣말로 중얼거렸어요.

"그렇지만 난 착한데. 내가 할퀸 건, 별생각 없이 그런 거잖아. 이렇게 뉘우치고 있는 게 내가 착하다는 증거야. 그런데 내가 착하다는 걸 어떻게 개가 알게 하지?"

저녁이 되자, 고양이는 심부름 갔던 아이들이 돌아오는 소리를 들었어요. 고양이는 감히 내려가보지 못하고 다락방에 있었답니다. 다락 창에 코를 대고 엎드려 내다보니 개가 코를 킁킁거리며 마당에서 빙빙 돌고 있는 게 보였어요.

"고양이 소리가 안 들려. 냄새도 안 나네. 얘들아, 너희 고양이 봤니?"

"어, 아니! 차라리 안 봤으면 좋겠어. 못된 고양이 녀석."

마리네트가 말했어요.

"그래, 고양이가 너희한테 한 짓을 보니, 착하다고 말할 수 없기는 해."

개는 한숨지으며 말했어요.

고양이는 너무 슬펐어요. 다락 창에 얼굴을 내밀고 외치고 싶었어요. '그건 사실이 아니야! 난 착하다고!' 하지만 감히 아무 말도 하지 못했어요. 그래봤자 개가 그 말을 믿지 않을 거라는 생각이 들었기 때문이에요. 고양이는 뜬눈으로 밤을 새웠어요. 다음 날 아침 일찍 고양이가 다락방에서 내려왔어요. 벌건 눈에 콧수염은 처진 채 개집으로 찾아갔어요. 고양이가 개 맞은편에 앉아서 머뭇거리다 말했어요.

"안녕, 멍멍아…… 나야, 고양이……"

"어, 어 안녕, 안녕."

개는 약간 퉁명스럽게 툴툴댔어요.

"밤잠을 못 잤나 보구나. 침울해 보이는걸……"

"아냐, 잘 잤어…… 하지만 눈을 뜰 때면, 앞이 깜깜해서 아무것도 보이지 않는 것에 항상 놀라게 돼."

"당연하지. 나도 네가 앞을 보지 못하는 게 염려돼. 내 생각인데, 만약 네 아픈 눈을 내게 준다면 나는 너 대신 맹인이 되어줄 수 있을 거 같아. 네가 주인을 위해 한 행동을 나도 너를 위해 할 수 있을 거야."

개는 감동을 받아서 아무 말도 할 수 없었고, 눈물이 나올 것만 같았어요.

"고양아, 어쩜 그렇게 착하니, 안 돼. 그러고 싶지는 않아…… 너무 착하구나……"

고양이는 개가 그렇게 말하는 것을 들으니 털이 부들부

들 떨렸어요. 고양이는 착하다는 것이 이렇게 기쁠 수 있다는 것을 전혀 생각해보지 못했어요.

"자, 네 눈을 가져갈게."

"아, 안 돼. 싫어!……"

개는 반대했어요. 자신은 볼 수 없는 것에 이젠 거의 익숙해졌고, 행복을 느낄 정도로 충분히 친구도 사귀었다면서 버텼어요. 그러나 고양이는 포기하지 않고 계속해서 개에게 말했어요.

"멍멍아, 너는 집안일을 도우려면 눈이 필요해. 근데 나한테 눈이 보이는 게 무슨 소용이 있겠니? 바꾸기로 하자. 난 햇볕 드는 곳이나 불 가에서 자는 것만 좋아하는 게으른 고양이일 뿐이야. 내 말은, 난 거의 늘 눈을 감고 지내잖아. 눈이 보인다는 게 유용한 줄을 제대로 알지도 못할 바에는 차라리 장님인 게 나아."

고양이가 말도 잘하고 개보다 단호한 태도를 보여주었기 때문에, 개는 고양이의 간청을 따르게 되었어요. 눈을 바꾸는 일은 그들이 있던 개집에서 바로 이뤄졌어요. 광명을 다시 찾은 개는 맨 먼저 목청 높여 소리를 질렀어요.

"고양이는 착해! 고양이는 착하다고!"

마당으로 나온 아이들은 무슨 일이 있었는지 알게 되자 울면서 고양이를 끌어안았어요. 아이들이 말했어요.

"아! 착한 고양이, 정말 정말 착하구나!"

그러자 고양이는 착하다는 말에 행복해하면서, 자신이 더 이상 앞을 볼 수 없다는 사실을 깨닫지 못한 채 고개를 숙이고 있었답니다.

시력을 찾은 후 개는 너무 바빴어요. 점심과 밤에 잘 때 말고는 한순간도 개집에 머무르며 쉬지 못했어요. 나머지 시간에는 양 떼를 지키고, 엄마 아빠가 길을 나서거나 산에 갈 때 동행해야만 했어요. 그들 중 누군가는 산책을 하러 갈 때면 꼭 개를 데려가기를 원했기 때문이에요. 하지만 개는 불평하지 않았어요. 오히려 그 반대였죠. 개는 이만큼 행복해본 적이 결코 없었거든요. 개는 옛 주인을 이 마을 저 마을로 안내하던 시절을 떠올리며 자신이 이 농장으로 오게 된 여정을 축복으로 생각했어요. 단지 그렇게 착한 고양이와 더 많은 시간을 보내지 못하는 것이 안타까웠어요. 그래서 개는 아침 일찍 일어나 고양이를 등에 업고 마을을 돌았어요. 고양이에게는 이때가 하루 중 가장 행복한 순간이었죠. 개는 고양이에게 자신의 일과를 들려주었고 고양이에게 고마움을 전하는 것도 놓치지 않았어요. 또한 고양이에게 미안해하기도 했지요. 그러면 고양이는 괜찮다며 그것에 대해서는 말할 필요조차 없다고 말해줬어요. 그래도 가끔 앞을 볼 수 있었던 때가 참 즐거웠다며 고양이가 울적해하기도 했어요. 눈이 먼 지금은 돌봐주는 사람이 거의 없었지요. 아이들은 여전히 무릎에 고양이를 앉히고 쓰다듬어주기는 했지만, 개와 함께 뛰노는 것을 더 재미있어했어요. 가련한 눈먼 고양이와 할 수 있는 놀이는 아무것도 없었죠.

그래도 고양이는 전혀 후회하지 않았어요. 친구 멍멍이가 행복하니 그것보다 더 중요한 건 아무것도 없다고 생각했어요. 정말 착한 고양이였어요. 말 걸어주는 사람이 아무도 없는 낮 동안, 고양이는 햇볕을 쬐거나 혹은 부뚜막 옆에서 늘어지게 실컷 잠을 자며 가르랑거렸어요.

"가르랑…… 난 착한 고양이야…… 가르랑…… 음냐, 난 착해."

날씨 좋은 어느 여름날 아침, 고양이는 지하실 계단 맨 아래 단의 서늘한 곳에서 여느 때처럼 가르랑거리며 누워 있었어요. 그런데 그때 고양이는 뭔가가 자신의 털을 스쳐 움직이는 기척을 느꼈어요. 볼 필요도 없이 그게 생쥐라는 걸 깨달은 고양이는 한 발로 단번에 생쥐를 잡았어요. 생쥐는 완전히 겁에 질려 도망갈 엄두도 못 냈어요.

"고양이 님, 저를 보내주세요. 저는 아주 작은 생쥐인데 길을 잃었어요……"

"작은 생쥐라고? 음, 좋아! 난 널 잡아먹겠어."

고양이는 말했어요.

"고양이 님, 만약 저를 잡아먹지 않는다면, 뭐든 다 할게요. 맹세해요."

"아니, 난 잡아먹는 게 더 좋을 거 같은데…… 아니면……"

"아니면요…… 고양이 님?"

"어 그게, 자 봐봐! 나는 앞을 볼 수 없거든. 만약 네가 나를 대신해 맹인이 되어준다면, 너의 목숨을 살려줄게. 네가 자유롭게 마당에 다니도록 해주고 먹을 것도 내가 직접 네게 가져다줄게. 이런 조건이라면 맹인이 되는 게 결국 이득인 셈이지. 매번 내 발톱 사이에서 벌벌 떨던 너에겐 그야말로 평화인 거고."

생쥐는 여전히 망설이면서 고양이에게 용서를 구했고 고

양이는 친절하게 대답했어요.

"잘 생각해봐, 작은 생쥐야. 경솔하게 결정하지 않아도 돼. 급하지 않으니 좀더 기다릴 수 있어, 무엇보다 내가 바라는 건 자유로이 의사를 결정하는 거야."

"그렇죠, 하지만 제가 거절하면 저를 잡아먹으실 건가요?"

생쥐가 말했어요.

"물론이야, 당연하지. 작은 생쥐야."

"그렇다면, 잡아먹히는 것보다는 앞 못 보는 편이 조금 낫겠네요."

점심에 학교에서 돌아온 델핀과 마리네트는 마당에서 생쥐가 고양이 다리 사이로 오가고 있는 것을 보고 깜짝 놀랐어요. 더구나 아이들은 생쥐가 눈이 안 보이고 고양이가 더 이상 맹인이 아니라는 것에 더욱 깜짝 놀랐어요. 고양이는 말했어요.

"얘는 착한 생쥐야. 정말 착한 마음씨를 가졌거든. 너희도 생쥐를 잘 챙겨주기를 부탁할게."

"안심해, 생쥐가 아무것도 부족하지 않게 해줄게. 우리가 먹을 것도 주고 밤에 잠잘 곳도 마련해줄 거야."

개가 돌아왔을 때, 친구 고양이가 시력을 되찾은 걸 보고

개는 너무 좋아서 생쥐 앞에서 기쁨을 감출 수가 없었어요.

"고양아, 네가 정말 착한 일을 했기 때문이야. 무슨 일이 일어났는지 봐. 오늘 이렇게 보답을 받은 거라고!"

"맞아, 넌 정말 착한 일을 했어……"

아이들도 말했어요.

"그래, 내가 정말 착한 일을 했지……"

"흠! 흐흠!" 하고 생쥐가 소리를 냈어요.

어느 일요일, 아이들은 마당에서 생쥐를 산책시키고 있었어요. 그런데 고양이 옆자리에서 반쯤 졸고 있던 개가 갑자기 의심하듯 킁킁대고 냄새를 맡기 시작했어요. 그러더니 일어나 짖어대면서 사람의 발소리가 들리는 길 쪽으로 달려갔어요. 홀쭉한 얼굴에 너덜거리는 옷을 입은 떠돌이가 지친 몸을 이끌고 다가오고 있었어요. 집 근처로 다가온 그 남자는 마당을 힐끗 쳐다보고는 개를 보더니 깜짝 놀란 듯 움찔했어요. 그러더니 성큼성큼 거침없이 다가와 중얼거렸어요.

"멍멍아, 내 냄새 좀 맡아보렴. 나를 몰라보겠니?"

"알아요, 옛 주인님이시네요."

개는 머리를 숙이며 말했어요.

“내가 너에게 잘못했어. 멍멍아…… 내가 얼마나 후회했는지 알게 되면 분명 나를 용서할 수 있을 거야……”

“주인님을 용서할게요. 어서 가보세요.”

“내가 앞을 보게 된 날부터 행복하지 않았단다. 나는 너무 게을러서 일을 할 수 없었어. 겨우 일주일에 한 번 끼니를 챙겼단다. 예전에 눈이 안 보였을 때는 일할 필요가 없었지. 사람들이 내게 먹을 것도 주고 잠자리도 마련해주었는데. 그들은 나를 불쌍히 여겼으니까…… 기억나지? 우리 좋았었는데…… 멍멍아, 네가 원한다면 내 눈을 다시 가져가렴. 나는 다시 맹인이 될게. 네가 다시 내게 길을 안내해줄 수 있다면……”

“주인님은 어쩌면 행복했겠지만 저는 아니에요. 전혀 행복하지 않았어요. 잊으셨나요? 저의 헌신과 호의를 매질로 되갚으셨죠. 좋은 주인을 만난 후에야 주인님이 나쁜 사람이었다는 것을 잘 알게 되었어요. 주인님에게 어떤 앙심도 품고 있지 않지만, 제가 다시 길을 안내해주리라 기대하지 마세요. 게다가 주인님은 제 눈을 다시 가져갈 필요가 없어요. 저는 더 이상 맹인이 아니거든요. 착한 고양이가 저 대신 맹인이 되었고 그리고 이어……”

개는 대답했어요. 그러나 남자는 이미 아무 말도 듣지 않고 개를 나쁜 녀석 취급하더니 개의 곁을 떠났어요. 남자는 개집 앞에서 가르랑거리고 있는 고양이에게 가서 털을 쓰다듬으며 말했어요.

"불쌍한 고양아, 너 행복하지 않지."

"가르랑" 하고 고양이가 가르랑거렸어요.

"확신하건대, 앞을 볼 수 있게 되려고 많은 것을 해봤을 거야. 원한다면 너 대신 내가 다시 맹인이 될게. 눈을 다시 바꾸면 개가 예전에 내게 해준 대로 네가 내게 길을 안내해 주면 될 거야."

고양이는 두 눈을 동그랗게 뜨고 주저 없이 대답했어요.

"만약 제가 여전히 앞을 못 보았다면 아마도 이 말을 받아들였겠지만, 안 보이는 제 눈을 생쥐가 가져가서 저는 더 이상 맹인이 아니랍니다. 저기 생쥐는 아주 착하거든요. 생쥐에게 부탁해보신다면 생쥐는 거절하지 않을걸요. 자, 저기 돌 위에서 자고 있어요. 아이들이 방금 전 산책을 마치고 재웠나 보네요."

남자는 생쥐에게 가기 전에 잠시 주저했지만, 자신이 너무 게으르고 빵을 얻으려면 일해야 한다는 사실을 참을 수 없어서 마침내 결심하고 말았답니다. 남자는 몸을 기울여 생쥐에게 부드럽게 말했어요.

"불쌍한 생쥐야, 너 불만이 많겠구나……"

"아 네, 그래요. 아이들도 착하고 개도 그렇긴 하지만 저는 앞을 보고 싶어요."

생쥐가 말했어요.

"우리가 서로 눈을 바꾸고 네가 날 안내하면 된단다. 내가 너의 목에 줄을 달아주고 너는 내게 길을 안내하면 돼."

"그건 어려운 일이 아니에요. 당신이 원하는 곳으로 제가 데리고 갈게요."

아이들은 개와 고양이 옆에 얌전히 앉아서 이 모습을 지켜보았어요. 남자는 맹인이 되어 줄 끝에 묶인 생쥐를 뒤따라 길가로 나가서 첫발을 내디뎠어요. 남자는 많이 머뭇머뭇거리며 천천히 걸어갔어요. 왜냐하면 생쥐가 너무 작아서 겨우 줄을 잡을 수 있었거든요. 눈먼 남자가 조금만 움직여도 불쌍한 작은 생쥐는 뒤집어져서 나동그라지기 일쑤였지만 남자는 이를 알 수 없었답니다. 델핀과 마리네트 그리고 고양이는 염려와 동정 어린 한숨을 크게 내쉬었어요. 개는 그 남자가 매 걸음 머뭇거리다 그만 길가 돌부리에 걸려 넘어지는 것을 보면서 네 다리를 후들후들 떨었어요. 아이들은 개 줄을 잡고 개의 머리를 쓰다듬었지요. 그런데 개가 갑자기 아이들에게서 빠져나가 눈먼 남자를 향해 곧장 달려나갔어요.

"멍멍아!" 하고 아이들은 소리쳤어요.

"멍멍아!" 하고 고양이도 외쳤어요.

개는 아무것도 듣지 못하는 것처럼 그저 달려갔어요. 결국 눈먼 남자는 달려온 개의 목줄을 잡았지요. 개는 친구 고양이와 함께 울고 있는 아이들을 쳐다보지 않으려는 듯 뒤도 돌아보지 않고 눈먼 남자와 함께 멀어져갔답니다.

그리는 대로

방학 중이던 어느 날 아침, 농장 뒷마당 풀밭에 델핀과 마리네트가 그림 도구 상자를 들고서 앉아 있었어요. 그림 도구 상자는 아주 새것이었죠. 그 전날 마리네트가 일곱 살이 된 것을 기념해 알프레드 삼촌이 사준 거랍니다. 아이들은 무척 감사해하며 삼촌에게 봄노래를 불러주었어요. 알프레드 삼촌은 기분 좋게 그 노래를 흥얼거리며 되돌아갔어요. 그러나 아이들의 엄마 아빠도 만족한 건 아니었어요. 어림없었죠. 엄마 아빠는 저녁 내내 잔소리를 멈추지 않았어요.

"놀라운 일이야, 장난꾸러기 두 녀석에게 그림 도구 상자라니! 이건 부엌을 온통 엉망으로 만들고 옷가지들에다 물감을 마구 묻히라고 있는 건 아니란다. 그림을 그려보려고?

그런데 말이야, 내일 오전에는 어림도 없단다. 엄마 아빠가 밭에 있는 동안 너희는 뒷마당에서 콩도 따고 토끼풀도 뜯어야 하니까, 알지?"

맘을 졸이던 아이들은 그림 도구 상자에 손도 대지 못하고 포장을 뜯지도 않은 채 일하겠다고 약속해야만 했어요. 다음 날 아침, 엄마 아빠가 나간 후에 아이들도 정원에 강낭콩을 따러 나가려는데 때마침 오리를 만났어요. 오리는 아이들의 낙담한 얼굴을 알아채고 말했어요. 오리는 인정 많은 친구였어요. 오리가 물었어요.

"얘들아, 어디 아프니?"

"아니, 전혀."

아이들이 대답했어요. 하지만 마리네트와 델핀은 계속해서 코를 훌쩍거렸죠. 오리가 다가와 계속 캐물으니 그제야 아이들은 그림 도구 상자에 대해 이야기했어요. 강낭콩을 따고 토끼풀을 뜯어야 하는 것에 대해서도요. 그러는 사이, 주변을 어슬렁거리던 개와 돼지가 이야기를 들으러 다가왔어요. 아이들은 오리에게 말한 것만큼이나 불평을 털어놓았어요. 오리가 말했어요.

"그래서 너희, 기분이 안 좋구나? 아줌마 아저씨가 잘못

하셨네. 하지만 얘들아, 걱정 마. 그냥 그림 그리러 가. 내가 멍멍이랑 알아서 강낭콩을 따놓을게.”

“정말이니, 멍멍아?”

“물론이지.”

개도 대답했어요.

“그러면 토끼풀은 어떻게 할 거야?”

“너희, 나 믿지? 내가 토끼풀을 완벽하게 뜯어놓을게.”

돼지가 말했어요.

아이들은 매우 기뻤어요. 엄마 아빠는 아무것도 모를 거라 안심하면서 세 동물 친구들과 꼭 껴안은 뒤, 그림 도구 상자를 챙겨서 풀밭으로 갔답니다. 아이들이 그림을 그리려고 물통에 깨끗한 물을 담고 있을 때, 당나귀가 풀밭에 있던 아이들에게 다가왔어요.

“안녕, 얘들아! 그 상자로 뭘 할 거야?”

마리네트는 당나귀에게 그림 그릴 준비를 하고 있다고 대답했어요. 그리고 당나귀가 묻는 말에 모두 설명해주었죠. 마리네트가 말했어요.

“원한다면 너의 초상화를 그려줄게.”

“와, 그래, 좋지! 우리 동물들은 자기가 어떻게 생겼는지 볼 기회가 거의 없거든.”

당나귀가 말했어요.

마리네트가 당나귀의 모습을 그리고 나서 색칠하기 시작했어요. 마리네트 옆에서 델핀은 풀잎에 앉은 메뚜기 초상화를 그리기 시작했고요. 아이들은 꼼짝도 않고 입을 꼭 다문 채 고개를 숙여 그림 그리는 일에 집중했어요.

잠시 후, 꼼짝 않고 있던 당나귀가 물었죠.

“좀 볼 수 있니?”

“잠깐만, 귀를 그리는 중이야.”

마리네트가 대답했어요.

“아, 그렇구나! 너무 서두르지 마. 내 귀에 대해서 말해주고 싶은 게 있는데…… 내 귀가 길지? 그래, 그렇긴 해. 하지만 너무 긴 건 아니야.”

“그래, 알았어. 조용히 좀 있어봐. 난 정확히 본 그대로 그리고 있으니까.”

그러는 사이 델핀은 좀 실망했어요. 희고 커다란 도화지 가운데에 그린 메뚜기와 풀잎이 도화지 전체에 비해 너무 작다고 생각했거든요. 그래서 배경 전체를 풀숲으로 채워 넣고 싶었는데, 당황스럽게도 풀과 메뚜기 둘 다 같은 초록색이었던 거죠. 메뚜기가 초록색 풀숲과 구분되지 않아서 아무것도 알아볼 수 없었어요. 좀 난감한 상황이 되어버렸어요.

당나귀의 초상화를 완성한 마리네트는 당나귀에게 보여주었어요. 그런데 그림을 본 당나귀가 그만 깜짝 놀랐어요. 당나귀가 좀 슬프게 말했어요.

"어쩜, 잘 못 알아보겠어. 난 내 얼굴이 불독을 닮았다고 생각해본 적이 전혀 없거든."

마리네트의 얼굴이 붉어졌어요. 당나귀가 이어 말했어요.

"그리고 귀 말이야, 사람들이 나한테 귀가 길다고 말한 적이 종종 있긴 하지만, 여기 봐, 이렇게까지 길다고는 생각하지 않아."

당황한 마리네트의 얼굴이 좀더 붉어졌어요. 실제로 유독 귀만 그랬어요. 초상화 속의 귀는 당나귀의 덩치만큼이나 커다랗게 보였어요. 당나귀는 좀 슬픈 눈으로 계속해서 그림을 살펴보았어요. 그러다 당나귀가 갑자기 깜짝 놀라며 소리쳤어요.

"이건 뭐야. 다리가 둘밖에 없잖아!"

그러자 이번에는 마리네트가 조금은 안도의 한숨을 내쉬

며 대답했어요.

"당연하지. 네 다리는 여기서 그렇게 둘밖에 안 보여. 그러니 더 그릴 수가 없는 거야."

"예쁜 그림이지만, 내 다리는 넷이라고. 나는……"

"아냐, 옆에서 보면 네 다리는 둘로 보여."

델핀은 당나귀의 말을 맞받아치며 소리쳤어요. 당나귀는 더 이상 반박하지 않았어요. 하지만 기분이 상했답니다.

"쳇, 알겠어, 다리가 둘만 있다고 칠게."

당나귀는 그렇게 말하고 멀어져갔어요.

"자, 좀 생각해보자……"

"아냐, 당나귀 다리가 둘로 보인다니, 더 이상 이야기하지 말자."

그러자 델핀은 웃기 시작했고, 마리네트도 약간 마음이 불편했지만 따라 웃었어요. 이윽고 아이들은 당나귀 일을 잊어버리고 그림 그릴 다른 대상을 찾고 있었어요. 그때 물을 마시러 강가에 가느라 풀밭을 가로지르던 두 마리 소가 아이들에게 다가왔어요. 얼룩점도 없이 희고 커다란 소였어요.

"안녕, 애들아. 상자를 가지고 뭐 하고 있는 거니?"

아이들은 소에게 그림을 그리던 중이라고 말했어요. 소는 자기들을 그려달라고 부탁했어요. 그렇지만 초록색 메뚜기를 그리다 망쳐서 깨달은 바가 있는 델핀이 고개를 저었어요.

"그건 곤란해. 너희는 흰색인데, 종이도 흰색이잖아. 잘 알아볼 수 없을 거야. 흰색 위에 흰색. 그렇게 되면 너희는 없는 거나 마찬가지가 되어버릴걸."

서로 빤히 쳐다보던 소 가운데 한 녀석이 불만에 찬 목소리로 말했어요.

"우리가 흰색이라 안 보여서, 없는 것처럼 보인단 말이지? 쳇, 그럼 이만 안녕."

아이들은 어리둥절해하며 가만히 있었어요. 바로 그때 뒤쪽에서 싸우는 소리가 들렸어요. 말과 닭이 큰 소리로 싸우고 있었어요. 닭은 화가 난 목소리로 말했어요.

"이봐요 말 아저씨, 당신보다 내가 더 쓸모 있고 똑똑해요. 제발 비웃지 말라구요. 난 당신을 쫄 수도 있어요."

"쳇, 조그맣고 별것도 아닌 녀석이!"

말은 닭의 말을 무시했어요.

"뭐, 별것도 아니라고? 그러는 당신은 엄청 큰 줄 아나 보네. 내 언젠가 당신이 그렇게 별게 아니란 걸 알게 해주지."

아이들은 둘 사이에 끼어들려 했지만 떠들어대는 닭을 조용히 시키기란 쉽지 않았어요. 델핀이 싸움 중인 두 녀석들에게 초상화를 그려주겠다는 제안을 하면서 상황이 어느 정도 진정될 수 있었어요. 마리네트가 닭의 초상화를 그리는 동안 델핀이 말의 초상화를 그렸죠. 잠시나마 싸움이 끝난 듯 보였어요. 닭은 즐겁게 포즈를 취하면서 볏을 뒤로 젖혀 머리를 도도하게 들어 올리고, 아랫볏과 함께 깃털도 최대한 아름답게 부풀리려고 했어요. 그러나 힘이 들었기 때문에 멋진 자세를 오래 취할 수는 없었답니다. 닭이 마리네트에게 말했어요.

"좀더 편안한 자세로 있는 초상화를 그려주면 좋겠어. 넌 모델을 정말 잘 택한 거야. 자랑하고 싶진 않지만 내 깃털 색은 정말 사랑스럽거든."

닭은 오랫동안 자신의 깃털과 볏, 장식깃을 자랑하며 허풍을 떨더니 말을 흘낏 쳐다보며 말했어요.

"확실히 난 털이 우중충한 단색인 다른 불쌍한 짐승들보다 그림 그리기 훨씬 더 좋지."

"그렇게 얼룩덜룩한 건 너같이 작은 녀석들에게나 어울

려. 어떻게든 눈에 띄지 않도록 해야 하니 말이야.”

말이 말했어요.

“자기는 뭐 또 얼마나 크다고. 당신도 그렇게는 안 크거든.”

흥분한 닭은 말이 조롱한 것에 대해 심하게 욕설을 퍼붓고 위협했어요. 그러는 동안에도 아이들은 열심히 그림을 그리고 있었답니다. 잠시 후, 말과 닭은 자신의 초상화를 보러 다가왔어요. 말은 자신의 그림에 아주 만족했어요. 델핀은 길고 멋지게 뻗은 말의 갈기를 그렸는데 흡사 고슴도치 털같이 보이기도 했어요. 튼튼한 곡괭이 자루같이 굵고 숱이 많은 말총도 그려주었지요. 다행히 옆모습을 비스듬하게 그려서 말은 네 다리를 다 가질 수 있었어요. 그렇다 보니 닭도 불만족을 드러내서는 안 되었지요. 하지만 닭은 자신의 장식깃이 낡은 빗자루 같아 보인다고 말했어요. 자신의 초상화를 쳐다보느라 여념이 없던 말이 닭의 초상화를 힐끗 쳐다보고는 그제야 자기 그림이 실망스럽다는 사실을 깨달았어요.

“어, 봐봐, 닭이 나보다 더 큰 거 같은데?” 말이 말했어요.

사실 델핀은 메뚜기 그림 때문에 정신이 없어서 겨우 도화지의 반 크기로 말을 그렸거든요. 그런데 마리네트는 도화지 가득 닭을 크게 그렸던 거예요. 말이 말했어요.

"수탉이 나보다 크다고! 너무하구나!"

"그럼 그렇지, 내가 당신보다 더 크지! 당연하지. 참, 그런데 너희는 어디서 온 아이들이니? 난, 이렇게 나란히 우리를 그린 두 그림을 볼 거라고는 생각도 못 했거든."

닭은 그림을 보고 신나서 말했어요.

"그런데 두 그림을 비교해보니 맞네. 말이 닭보다 더 작아 보여. 몰랐는데, 하지만 뭐 그게 중요한 건 아니잖니?"

델핀이 말했어요. 델핀은 말이 상처받은 것을 알았지만 때는 이미 너무 늦었어요. 말은 등을 돌렸죠. 델핀이 불러도 말은 등 뒤로 눈길조차 주지 않으면서 무뚝뚝하게 대답했어요.

"알았어. 그래 뭐, 내가 닭보다 작게 그려진 게 그리 중요하지 않단 말이지."

말은 아이들의 설명도 듣지 않고 멀어져갔답니다. 그런데 닭이 멀리까지 말을 뒤따라가며 "내가 당신보다 크다고, 크단 말이야!"라는 말을 되풀이해댔어요.

정오가 되자, 밭에서 돌아온 엄마 아빠는 아이들을 찾아 부엌으로 와서는 즉시 아이들의 앞치마를 살펴보았어요.

다행히 아이들은 조심해서 옷에 물감을 묻히지 않았어요. 엄마 아빠가 일과에 대해 질문하자 아이들은 엄청난 양의 토끼풀을 한가득 땄고 콩 바구니 두 개를 가득 채웠다고 대답했어요. 엄마 아빠는 아이들의 말이 사실인 걸 확인하고는 아주 만족스럽게 큰 웃음을 지어 보였어요. 만약 엄마 아빠가 좀더 가까이서 강낭콩을 들여다볼 생각을 했다면 바구니에 개털과 오리 깃털이 마구 섞여 있는 것을 보고 놀랐을 텐데, 그러진 않았어요. 그날 엄마 아빠는 그 어느 때보다 정말 기분 좋게 점심 식사를 했어요.

"아! 애들아, 엄마 아빠는 정말 기분이 좋구나. 자, 보렴. 우리 토끼들이 적어도 3일간 먹을 풀이 바구니에 가득하네. 너희가 일을 열심히 해주었기 때문에……"

그때 식탁 아래서 킥킥대는 소리가 나서 대화가 중단되었어요. 엄마 아빠와 아이들이 몸을 기울여 아래를 내려다보니 목이 멘 듯 컹컹대고 있는 개가 보였어요.

"왜 그러니, 멍멍아?"

"컹컹, 아무것도 아니에요." 개가 말했어요(하지만 웃음을 못 참는 개를 보고 아이들은 너무 놀랐어요). "진짜 아무것도 아니에요. 음식물이 기도에 들어가서 그래요. 어떻게 된 건지 아시죠? 뭔가를 곧바로 삼키려다……”

“그렇게 말을 많이 하면 좋지 않아.” 엄마 아빠가 말했어요. “그런데 우리 어디까지 이야기했더라? 아, 그렇지. 너희가 참 잘했다는 이야기였지.”

그런데 두번째로 키득거리는 또다른 소리가 들려와 대화가 다시 중단되었어요. 이번엔 조금은 조심스럽긴 했지만 그들 등 뒤의 문 쪽에서 들리는 듯했어요. 살짝 벌어진 문틈으로 오리가 고개를 내밀었어요. 오리 역시 웃음을 참을 수 없었답니다. 엄마 아빠가 바로 고개를 돌려 쳐다봤지만 오리는 재빠르게 사라졌고 아이들은 얼굴이 화끈거렸어요. 델핀이 말했어요.

“바람이 불어 문이 삐걱거렸나 봐요.”

“그런가 보구나. 어디까지 이야기했더라? 그래, 토끼풀과 강낭콩. 우리는 너희가 정말 대견스럽단다. 이렇게 말 잘 듣고 부지런한 너희가 있어서 기뻐. 그럼 상을 줘야겠네. 엄마 아빠가 그림 도구 상자를 너희에게서 뺏을 마음은 전혀 없었다는 걸 잘 알지? 오늘 아침, 엄마 아빠는 너희가 스스로 필요한 사람이 되려고 할 만큼 충분히 착한 아이들인지 알고 싶었단다. 그런데 보다시피 대만족이구나. 그러니 오늘 오후 내내 그림 그리는 것을 허락하마."

아이들은 겨우 식탁 끄트머리까지만 들릴 정도의 작은 목소리로 감사하다고 말했어요. 엄마 아빠는 대단히 기분이 좋아서 그런 것에 신경을 쓰지 않았어요. 그저 식사가 끝날 때까지 즐겁게 웃으며 노래도 하고 수수께끼 놀이도 했답니다.

"두 동그라미가 자신들 앞의 두 동그라미를 결코 따라잡지 못하고 계속 쫓아 뛰고 있는 것, 이것은 무엇일까?"

아이들은 답을 찾는 척했지만, 오전에 있었던 일이 기억나고 후회돼서 수수께끼에 몰두할 수 없었어요.

"너희, 안 맞힐 거니? 쉬운 건데. 포기하는 거야? 음, 좋아, 자, 달리는 마차의 앞바퀴와 뒷바퀴잖니. 하하하!"

엄마 아빠는 허리가 휘어질 정도로 크게 웃었어요. 식탁을 정리할 때는 아이들도 치우는 것을 도왔어요. 감자 모종을 싣고 당나귀와 함께 밭에 나가야 했던 엄마 아빠는 외양간에 갔어요.

"자, 당나귀야, 나갈 시간이 되었구나."

"유감스럽게도 전 다리가 둘밖에 없답니다."

당나귀가 말했어요.

"다리가 둘이라고! 뭐라는 거니?"

"어, 그래요. 다리 두 개요. 잘 지탱하고 서 있긴 해도 너무 힘드네요. 사람들은 어떻게 두 다리로 서 있는지 모르겠어요. 당신 같은 사람들 말이에요."

엄마 아빠가 좀더 가까이 다가가서 당나귀를 보니 정말로 당나귀는 앞에 하나, 뒤에 하나, 다리가 둘밖에 없었어요.

"이상하네. 하지만 오늘 아침에 널 봤을 때는 분명 다리가 넷이었는데, 으흠! 소를 보러 가볼까!"

외양간은 어두웠어요. 그래서 처음에는 잘 보이지 않았어요. 엄마 아빠가 멀리서 불렀어요.

"어, 소들이 어디 있나? 얘들아, 우리 같이 밭에 나가야 하는데?"

"그건 불가능해요." 희미한 어둠 속에서 두 목소리가 답했어요. "당신들에게 정말 유감이지만…… 우리는 없어요!"

"너희가 없다고?"

"와서 보세요."

실제로 엄마 아빠가 다가가 보니, 소 외양간이 비어 있었어요. 눈으로 봐도, 만져봐도 연장 걸이에 걸려 있는 두 쌍의 뿔 외에 다른 것을 분간할 수 없었지요.

"대체 무슨 일이지? 외양간이 왜 이리 어두운 거야? 미칠 노릇이군! 말한테 가봐야겠어."

말은 외양간 저 끝, 가장 어두운 곳에 있었어요.

"어이, 착한 말아, 우리를 따라 밭에 나갈 준비는 됐니?"

"도와드리지요. 그런데 수레를 달고 가냐 아니냐가 중요해요. 저는 아주 작은 말이거든요. 고백을 해두는 편이 좋을 거 같아 말씀드리는 거랍니다."

"그래, 이상하네. 정말 작구나."

이윽고 외양간 끝에 도착한 엄마 아빠는 깜짝 놀라 소리를 질렀어요. 어슴푸레한 어둠 속, 건초 더미 위에서 몸집이 수탉의 반보다도 작은 말을 발견했거든요.

"제가 좀 작아요, 그렇죠? 비웃음 살 만큼." 작은 말이 엄마 아빠에게 말했어요. "비웃음 당하면서도 용감히 맞섰죠."

"저런! 지금까지 열심히 일해온 어여쁜 녀석인데." 엄마 아빠는 탄식했어요. "그런데 어떻게 된 일이지?"

"모르겠어요. 전혀 알 수 없죠."

말은 생각할 여지를 남기는 애매한 말투로 답했어요.

차례대로 질문을 받은 당나귀와 소들도 같은 대답을 했

어요. 엄마 아빠는 동물 친구들이 뭔가 감추고 있다고 느꼈지요. 이윽고 부엌으로 돌아온 엄마 아빠는 잠시 아이들을 의심스럽게 쳐다보았어요. 농장에 이상한 일이 일어날 때면 엄마 아빠는 늘 가장 먼저 아이들에게 책임을 물을 수밖에 없었지요.

"이 녀석들, 이리 와서 대답해봐!" 엄마 아빠는 마치 동화에 나오는 식인 괴물 같은 목소리로 물었어요. "오늘 오전, 우리가 없었을 때 무슨 일이 있었던 거니?"

아이들은 대답할 힘도 없이 불안에 떨며 아무것도 모르는 척했어요.

"결국엔 말하게 될 텐데? 이 불쌍한 녀석들아!"

"강낭콩, 그러니까 어…… 강낭콩을 따고……"

델핀이 가까스로 웅얼대며 답했어요.

"토끼풀도 꺾었어요."

마리네트도 숨을 몰아쉬며 말했어요.

"그래, 그렇다면 어떻게 당나귀는 다리가 둘뿐이고, 소는 사라져 없고, 우리 크고 멋진 말은 지금 한 달도 안 된 토끼 크기로 작아지는 일이 일어났을까? 그래, 어떻게 된 거지?…… 자, 진실은 곧 밝혀지는 법이란다."

이 끔찍한 사실을 아직 몰랐던 아이들은 깜짝 놀랐지만 곧 무슨 일이 일어났는지를 알아차렸어요. 그러니까 오늘 아침 아이들은 너무도 열심히 그림을 그렸고, 그림의 모델이었던 동물들은 아이들이 그린 대로 변해버린 거예요. 이건 그림을 처음 그릴 때 종종 일어나는 일이에요. 동물 친구들 모두 제각기 이 상황을 예민하게 받아들였고, 자존심에 상처를 입은 채 외양간으로 돌아오게 되었죠. 그 후에도 뒷마당 풀밭에서 있었던 일들을 곱씹고 생각하다가 그대로 현실이 된 것이랍니다. 결국 아이들이 나쁜 일을 한 것은 아니었지만, 엄마 아빠의 말을 따르지 않아서 이 위험스러운 결과를 낳게 됐어요. 아이들은 오리가 다 알고 있다는 듯 눈을 가늘게 뜨고 문틈으로 빼꼼히 쳐다보며 고개를 좌우로 젓는 걸 보고, 처음에는 엄마 아빠에게 무릎을 꿇고 실토하려 했어요. 그렇지만 곧 침착함을 되찾고 이 일에 대해 아무것도 모른다고 계속 우물대며 대답했어요.

"너희, 뭔가 숨기고 있구나. 좋아. 그렇게 시치미 떼렴. 엄마 아빠는 수의사 선생님을 찾아가봐야겠다."

아이들은 떨기 시작했어요. 수의사 선생님은 특별한 능력이 있는 실력자였어요. 만약 수의사 선생님이 동물들의 눈과 신체 부위, 배를 검진한다면 사실을 알아채지 못할 리 없거든요. 아이들의 귀에는 이미 "자, 난 말이야, 이게 다 '그림 병'이란 걸 전부 알아챘단다. 혹시 오늘 아침 누군가가 그림을 그리지 않았니?"라고 말하는 수의사 선생님의 목소리가 들리는 듯했어요. 더 이상 이대로 있을 수는 없어요……

엄마 아빠가 다시 나간 뒤 델핀은 오리에게 방금 전 무슨 일이 일어났는지, 둘이 수의사 선생님을 왜 두려워하는지 이유를 설명해주었어요. 오리는 상황을 아주 잘 이해했어요.

"시간이 없어." 오리는 말했어요. "그림 도구 상자를 챙겨. 그리고 풀밭에 동물들을 풀어놓아. 너희가 그렸던 것들을 다시 그려야 해."

아이들은 우선 당나귀를 끌어내려 했어요. 그런데 그건 힘든 일이었어요. 당나귀가 두 발로는 균형을 잡을 수가 없어서 걷기 힘들었기 때문이죠. 당나귀의 배 아래에 발 받침대를 놓고 당나귀를 밀어야만 했어요. 그러지 않으면 계속 넘어져버렸거든요. 소들의 경우는 당나귀보다는 간단해서, 그저 같이 가주기만 하면 되었죠. 길을 가던 한 남자가 허공에 떠서 마당을 가로지르는 두 쌍의 뿔을 보고 놀란 듯했어요. 다행히도 그 남자는 자기 시력이 나빠졌다고 생각하는 것 같았어요. 외양간을 나오면서 말은 깜짝 놀랐답니다. 말이 개와 같은 눈높이에서 딱 마주쳤는데, 개가 마치 커다란 괴물처럼 보였거든요. 하지만 금세 웃고 말았어요. 말이 말했어요.

"주변의 모든 게 다 이렇게 커지고 내가 작아지니까 엄청 재밌는걸!"

그런데 곧 마음이 바뀌었어요. 왜냐하면 닭이 작아진, 불쌍한 말을 알아보고는 귀에다 대고 꼬꼬댁 소리를 질렀기 때문이에요.

"아하! 이보게, 우리 또 만났네요. 잊진 않았겠지, 내가 당신 손 좀 봐주겠다 한 거."

작아진 말은 네 다리를 벌벌 떨었어요. 오리가 끼어들려 했으나 소용없었어요. 아이들은 정말 기분이 좋지 않았어요. 개가 말했어요.

"놔둬, 내가 먹어버리고 말 테야."

개가 이빨을 드러내고 공격하자 닭은 황급히 자리를 떠나 멀리 달아났어요. 불쌍한 닭은 그 후로 한동안 보이지 않다가, 사흘이 지나서야 풀이 죽어 다시 나타났답니다.

오리는 풀밭에 모두 모이게 한 뒤, 목소리를 가다듬으려고 기침을 했어요. 그러고 나서 말과 당나귀, 흰 소에게 말했어요.

"사랑하는 내 오랜 친구들아, 너희가 이런 상황에 처하게 된 걸 보면서 내가 얼마나 마음이 아픈지 너희는 모를 거야. 보기에 근사했던, 매혹적이던 흰 소가 지금은 아무것도 아닌 게 되어버려서 너무 슬프구나. 점점 우아하게 자라고 있던 당나귀도 불쌍하게 두 발을 질질 끌고 다니고, 아름답던 우리 친구 큰 말도 쪼그라들어 처량하게 작은 존재가 되어버렸으니 말이야. 나는 그게 너무 안타까워. 확실한 건, 이 우스꽝스러운 상황이 단순한 오해에서 비롯된 결과라는 거야. 그래, 오해지. 아이들은 결코 너희의 개성을 망가뜨릴 생각은 없었어. 너희에게 일어난 일 때문에 나만큼이나 아이들도 괴롭단다. 너희는 얼마나 당황스럽겠니. 당연하지. 그러니 너무 머리 아프게 생각하지 마. 너희의 본래 모습으로 돌아올 수 있도록 침착하게 노력해봐야 해."

그렇지만 동물들은 눈을 내리깔고 냉담하게 침묵할 뿐이었어요. 당나귀는 원망 섞인 표정으로 하나뿐인 앞발을 쳐다보았어요. 말은 여전히 두려움에 심장이 두근거리면서도 전혀 알아듣지 못한 것처럼 보였어요. 또 소들은 몸이 보이지 않기 때문에 알 수 없었지만, 그나마 눈에 보이는 소의 뿔들만은 미미하게 반응하며 그 자리에 있었어요. 당나귀가 가장 먼저 말했어요.

"나는 다리가 둘이야. 그러니까…… 다리가 둘이라고."

당나귀는 매몰찬 목소리로 말했어요. 그건 눈에 보이는 명백한 사실이었어요.

"우리는 보이지 않아서 없는 거나 마찬가지야. 우리는 아무것도 할 수 없어."

소들도 말했어요.

"난 너무 작아. 너무 기분 나쁜 일이지."

말도 이야기했어요.

상황이 해결되지 않고 있었기에 처음엔 무거운 침묵만이 감돌았어요. 하지만 이런 무기력함에 화가 난 개가 아이들을 향해 꾸짖으며 말했어요.

"지나치게 착해빠져 가지고 이런 더러운 짐승들과 어떻게 함께하겠니! 난 갈 테니 놔둬. 가서 재네들 뒷다리라도 좀 물어버려야겠어."

"우리를 물어버리겠다고? 오! 그래, 좋아. 물기만 해봐라!"

당나귀가 비웃었어요. 소들과 말도 개를 비웃었답니다.

"에이, 농담으로 한 말이겠지." 오리가 상황을 수습하려는 듯 성급히 둘러댔어요. "개가 농담하려고 한 말이야. 너희도 모르는 게 있어. 봐. 아줌마 아저씨가 좀 전에 수의사를 부르러 가셨어. 한 시간 안에 수의사 선생님이 우리를 진찰하러 이리 오실 거야. 수의사 선생님이라면 무슨 일이 있었는지 어렵지 않게 상황을 파악하실 수 있겠지. 아줌마 아저씨가 아이들에게 오늘 아침 그림 그리는 걸 허락하지 않으셨잖아. 아이들에겐 안된 일이지만, 아이들이 원해서 한 일이었으니 아줌마 아저씨한테 꾸지람을 듣거나 벌을 받거나 아니면 뭐 맞을 수도 있겠지."

당나귀는 마리네트를 쳐다봤어요. 말은 델핀을 바라봤죠. 소의 뿔들도 아이들을 향해 움직이는 듯 보였어요. 당나귀가 중얼거렸어요.

"두 다리보다는 네 다리로 걷는 게 더 낫지. 훨씬 편해."

"사람들 눈에 뿔 두 개만 보인다면 아무것도 안 보이는 거나 다름없을 거야."

소들도 동의했어요.

"좀더 높은 데서 세상을 바라볼 수 있다는 건 정말 기분 좋은 일이야."

말도 한숨지었어요.

동물들이 그렇게 말하는 사이를 틈타 아이들은 그림 도구 상자를 열고 작업을 시작했어요. 이번에는 마리네트가 신중하게 당나귀의 네 다리를 그려 넣었어요. 델핀은 말에게도 다리를 그려주었고, 닭도 비율에 맞게 작게 그렸답니다. 작업이 신속하게 진행되었어요. 오리는 아주 만족해했어요. 초상화가 다시 완성되었을 때, 두 동물 친구들은 결과물이 아주 만족스럽다고 말했어요. 하지만 사라진 당나귀의 두 다리는 여전히 돌아오지 않았고 말도 커지지 않았답니다. 모두 완전 실망한 기색이 역력했고 오리도 걱정하기 시작했어요. 오리는 당나귀에게 두 다리를 잃은 자리가 혹시 근질근질하지 않은지를 물었어요. 또 말에게는 피부가 갑갑하지는 않은지 물어봤죠. 둘 다 전혀 느끼지 못했다고 답했어요.

"시간이 필요해." 오리가 아이들에게 말했어요. "너희가 소를 그리는 동안 전부 해결될 거야. 확실해."

델핀과 마리네트는 각자 소 한 마리씩을 그리기 시작했

어요. 먼저 뿔을 그리기 시작한 후 나머지를 그렸고, 기억 속에서 소들의 모습을 떠올려가면서 아주 충실하게 그려나갔어요. 아이들이 회색 도화지를 골라서 그 위에 하얗게 소의 색을 입혔더니 소의 모습이 완벽하게 재현되었어요. 소들도 그림과 자신들의 모습이 매우 닮았다며 그림에 아주 만족스러워했어요. 그렇지만 모습은 여전히 보이지 않았고 뿔만 있다는 사실에는 변함이 없었어요. 또 말과 당나귀도 아직은 모든 것이 원래대로 돌아오는 느낌을 전혀 받지 못했고요. 오리는 불안감을 감추기 힘들었어요. 아름다운 깃털이 색을 잃고 시들해졌어요.

"기다려, 기다려봐."

오리가 말했어요.

15분이 지났지만 아무 일도 일어나지 않았어요. 마당 풀밭에서 모이를 쪼는 비둘기를 발견하고 오리가 비둘기에게 가서 말했어요. 비둘기는 날아갔다가 잠시 후 다시 돌아와 소의 뿔에 앉았어요.

"내가 포플러나무 위에 앉아 있다 돌아오는 길에 마차 한 대를 봤는데, 마차 안에 아줌마 아저씨랑 남자 한 명이 타고 있었어."

"수의사 선생님이겠지!"

아이들이 소리쳤어요.

무조건 수의사 선생님일 수밖에 없었고, 마차는 늦게 올 리 없었어요. 바로 몇 분 전의 상황이었지요. 아이들이 놀라고 엄마 아빠가 화내는 모습을 상상하면서 동물 친구들은 안절부절못했어요.

"한 번만 더 해보자." 오리가 말했어요. "모든 게 너희 잘못이야. 왜냐하면 너희가 원래대로 그리지 않았으니까."

당나귀는 두 다리를 되찾기 위해 최선을 다해 몸을 좌우로 흔들었어요. 소들도 모습을 찾기 위해 몸을 팽팽히 당겼고, 말은 몸을 부풀리기 위해 공기를 한 모금 들이마셨어요. 하지만 아무 일도 일어나지 않았답니다. 가여운 동물들은 모두 너무 당황스러웠어요. 이윽고 마차 소리가 들렸어요. 더 이상 어떤 것도 기대할 수 없었답니다. 아이들은 창백하게 질렸고 유능한 수의사 선생님을 기다리면서 겁에 질려 몸이 떨렸어요. 너무 힘들었던 당나귀는 두 다리로 절뚝거리며 마리네트에게 다가가 몸을 기댄 채 손을 핥아주었어요. 마리네트에게 사과하며 뭔가 따뜻한 말을 해주고 싶었어요. 그런데 그만 너무 감정이 복받쳐서 목이 잠겼어요. 당나귀의 눈에 눈물이 그렁그렁 고이더니 곧 그림 위로 떨어졌어요. 그건 바로 우정의 눈물이었어요. 당나귀의 눈물이 종이 위에 떨어지자, 당나귀는 온몸으로 극심한 고통을 느끼더니 이윽고 원래대로 네 다리를 되찾았답니다. 모두에게 갑작스러운 위안을 주는 사건이었어요. 아이들은 희망을 품고 안도의 한숨을 내쉬었어요. 하지만 마차는 이제 농장에서 100미터 떨어진 곳에 모습을 드러냈으니, 솔직히 너무 늦었지요. 그때 뭔가 알아챈 오리가 말의 그림을 부리에 물고 재빨리 말의 코 아래에 그림을 갖다 대서 눈물이 떨어지게 했어요. 그랬더니 놀랍게도 기대하지 않았던 결과가 나타났어요. 말의 몸이 점점 커지는 것이 보였어요. 열까지 세는 동안 말은 원래 몸의 크기로 되돌아왔어요. 마차는 이제 농장에서 30미터도 안 되는 지점까지 들어왔답니다.

늘 그랬듯, 한발 늦게 감동을 받은 소는 자신들 그림에 눈물을 모으기 시작했어요. 눈물을 짜내는 데 성공한 한 녀석은 마차가 막 농가 마당으로 들어오는 바로 그 순간에 몸을 되찾을 수 있었어요. 아이들은 하마터면 박수를 칠 뻔했어요. 하지만 오리는 여전히 염려스러웠어요. 아직 몸이 보이지 않는 소가 한 마리 남아 있었기 때문이죠. 남은 소도 눈물을 흘리려 했지만, 눈물을 짜내는 일이 뜻대로 되지 않았어요. 소가 우는 것을 본 적이 전혀 없었거든요. 아무리 감정을 다해 쥐어짜도 그저 눈가만 축축하게 젖을 뿐이었어요.

마침내 마차에서 사람들이 내렸으니 시간은 촉박했어요. 오리가 시키는 대로 개가 달려가 그들을 맞이했어요. 엄마 아빠와 수의사 선생님의 도착을 늦추기 위한 것이었죠. 개는 수의사 선생님에게 머리를 치대고 다리 사이에 몸을 비비면서 그만 선생님을 흙먼지 바닥에 배를 깔고 엎드리는 모양새로 넘어뜨려버렸어요. 당황한 엄마 아빠는 뭔가 개의 등짝을 때릴 만한 물건을 찾으러 황급히 마당 구석으로 달려갔어요. 이윽고 엄마 아빠가 수의사 선생님을 일으켜 세우고 옷의 먼지를 털어드리려 솔질을 했어요. 이 모든 일에 4~5분 정도가 걸렸어요.

그러는 사이, 마당에서는 모든 동물 친구가 걱정스럽게 아직 몸이 보이지 않는 소의 뿔을 바라보고 있었지요. 온 마음을 다해 애를 썼는데도 불쌍한 소는 아직 눈물을 흘리지 못했어요.

"미안하지만 못 할 거 같아."

소는 아이들에게 말했어요.

거의 낙담하는 분위기였어요. 오리마저 당황했어요. 좀 전에 몸을 되찾은 다른 소만 유일하게 침착함을 유지하고 있었어요. 이때 다른 소의 머리에 한 가지 생각이 떠올랐어요. 오래전 그들이 어린 송아지였을 때 동물 친구들끼리 함께 불렀던 노래를 같이 불러보자는 것이었어요. 그 노래는 이렇게 시작했어요.

어미젖을 먹는
외로운 수송아지 한 마리가
음매, 음매, 음매
풀을 뜯고 있는
암송아지를 보네
음매, 음매, 음매

노래는 마치 우수에 젖은 듯 다소 구슬픈 곡조였어요. 실제로 한 소절을 부르고 나자 예상했던 효과가 나타났어요. 몸이 보이지 않던 소의 뿔이 가볍게 떨리기 시작했던 것이죠. 탄식하듯 몇 차례 더 노래를 읊조리자 가련한 이 친구의 눈가에 드디어 눈물이 고이기 시작했어요. 하지만 눈물방울이 작아서 흘러내리지는 않았어요. 다행히도 그때 눈물방울을 본 델핀이 그림 붓 끝에 눈물을 묻힌 다음 그것을 그림에 가져다 적셨어요. 그러자 소의 몸이 생겨났어요. 소의 모습이 보이기 시작하더니 손으로 만져졌어요. 정말 대단한 순간이었어요. 수의사 선생님을 가운데 두고 엄마 아빠의 모습이 마당 끝에 막 보이기 시작했어요. 소들과 네 다리로 잘 서 있는 당나귀와 큰 키로 버티고 선 말을 보고 엄마 아빠는 놀라서 말을 잇지 못했어요. 엎어져서 기분이 좋지 않았던 수의사 선생님이 언짢아하며 물었어요.

"어, 이 친구들이 몸이 없는 소와 두 다리를 잃은 당나귀, 토끼보다 더 작아진 말인가요? 제가 보기에는 뭐 대단히 불행한 상황으로 고통스러워하는 것 같지 않은데요."

"이해할 수가 없네요. 조금 전 외양간에서는 분명……"

엄마 아빠는 더듬거리며 말했어요.

"꿈을 꾸셨거나 아니면 좀 전에 시야를 흐리게 할 만한 너무 맛있는 음식을 드셨나 보군요. 제 생각엔 의사를 부르시는 편이 낫겠어요. 어쨌든 여러분이 사소한 일로 저를 방해했다고 생각하고 싶지는 않지만…… 뭐, 번거롭긴 하네요.”

엄마 아빠는 머리를 숙여 크게 사과했어요. 수의사 선생님은 다소 진정한 기색으로 델핀과 마리네트를 보면서 말을 이어갔어요.

“그러니까, 귀여운 두 따님이 있어서 이번에는 용서해드리는 겁니다. 길게 볼 필요도 없이 따님들이 아주 얌전하고 부모님 말씀을 잘 듣는 아이라는 걸 단번에 알겠네요. 안 그러니, 얘들아?”

아이들은 얼굴이 완전히 빨개져서 멀거니 입을 벌린 채 감히 한마디도 못 하고 있었답니다. 그러나 오리는 태연하게 대답했어요.

“아 네, 그렇죠, 선생님, 이보다 더 온순할 수 없을 만큼 정말 착한 아이들이랍니다.”

똑똑 소와 낄낄 소

학교에서 델핀은 최우수상을, 마리네트는 우등상을 받게 되었어요. 선생님은 아이들의 예쁜 드레스가 구겨지지 않도록 조심스럽게 안아주었어요. 이 자리를 위해 읍내에서 일부러 멋진 정장을 입고 찾아온 면장님이 학생들 앞에서 연설을 시작했어요.

"사랑하는 어린이 여러분, 공부할 수 있다는 건 크나큰 행운이에요. 반대로 배움의 기회를 갖지 못하는 건 불행한 일이지요. 여기 있는 여러분은 그 기회를 충분히 누리고 있으니 정말 다행이라고 생각해야 해요. 지금 제 앞에는 예쁜 분홍 드레스를 입은 두 소녀가 있어요. 금발 머리 위에 멋진 금색 관을 쓰고 있지요. 이게 다 열심히 공부해서 이룬 결과예요. 노력에 대한 보답을 오늘 이렇게 받게 된 것이지요. 부모님은 또 얼마나 뿌듯하시겠어요? 저기 두 분이 계시네요. 아이들만큼이나 부모님도 자랑스러워하시는 모습이군요. 또한, 에헴, 여기 있는 저로 말할 것 같으면, 자랑하려는 건 아니지만, 만약 학창 시절에 제가 열심히 공부하지 않았더라면 오늘날 이 자리에 있지도 못했겠지만, 또한 지금 여러분이 보고 있는 이 은빛 예복도 입지 못했을 거예요. 그러니까 여러분도 학교에서 열심히 배우고, 또 주변에 게으르거나 공부하기 싫어하는 친구들이 있다면 배움이 인생에서 아주 중요한 것이라고 꼭 알려주길 바라요."

면장님이 말을 마치고 인사를 하자 학생들이 짧게 합창을 했어요. 이렇게 행사가 끝난 후 모두 자기 집으로 돌아갔죠. 집으로 돌아온 델핀과 마리네트는 예복 드레스를 벗고 매일 입는 평상복으로 갈아입었어요. 하지만 평소처럼 공놀이나 말타기, 인형 놀이, 술래잡기, 돌차기, 얼음 땡 놀이를 하는 대신 면장님의 연설에 대해 이야기를 나누었어요. 아이들은 그 연설이 정말 훌륭하다고 생각했어요. 당장 누구라도 붙잡고 공부가 얼마나 중요한 것인지 가르쳐주고 싶었어요. 하지만 글을 읽을 줄 모르는 사람이 주변에 한 명도 없어서 안타까울 지경이었죠. 델핀이 한숨을 쉬며 말했어요.

"오늘부터 방학이 두 달이나 되잖아. 두 달이면 정말 보람차게 보낼 수 있는 시간인데 우리가 공부를 가르쳐줄 사람이 아무도 없다니……"

외양간에는 같은 키, 같은 나이의 소 두 마리가 있었어요. 한 마리는 붉은 점이 얼룩덜룩 박힌 소였고 다른 한 마리는 얼룩 없는 흰 소였어요. 두 마리 소는 마치 구두 한 켤레처럼 언제 어딜 가나 늘 함께였죠. 그래서 사람들은 이 둘을 '소 한 쌍'이라고 불렀답니다. 마리네트는 붉은 소에게 다가가 이마를 쓰다듬으며 말했어요.

"소야, 너 혹시 글을 배우고 싶지 않니?"

처음엔 소가 아무런 대답도 하지 않았어요. 농담이라고 생각했던 거예요.

"공부는 정말 좋은 거란다." 델핀이 거들었어요. "공부보다 더 즐거운 건 없어. 읽는 법을 배우고 나면 너도 내가 무슨 말을 하는지 알게 될 거야."

커다란 붉은 소는 뭐라고 대답할까 잠시 생각에 잠겼어요. 하지만 마음속으로는 이미 대답이 정해져 있었답니다.

"글을 배워서 뭐 하게? 글을 배우면 쟁기질이 쉬워지기라도 하니? 아니면 먹을 게 더 생기니? 아니잖아. 쓸데없이 피곤하기만 할 걸 뭐 하러 배워? 고맙지만 사양할게. 난 너희가 생각하는 것처럼 멍청하지 않아. 난 안 배울래. 절대로."

"그러지 말고 소야, 우리 말 좀 들어봐." 델핀이 답답해하며 말했어요. "네가 잘 몰라서 그래. 읽지 못해서 놓치는 것도 많다는 걸 알아야 해. 조금만 더 잘 생각해봐."

"충분히 생각했어. 안 배울래. 혹시 놀이를 가르쳐준다면 모르지만."

금발 머리 마리네트는 "그렇게 싫다면 어쩔 수 없지. 평생 그렇게 무식하고 못난 소로 사는 수밖에"라고 말했어요.

"천만에! 난 못난 소가 아니야. 난 언제나 내가 해야 할 일을 열심히 하고 있다고! 아무도 나를 비난할 수 없어. 너희는 공부하지 않으면 살 수 없는 것처럼 말하면서 나를 비웃고 있지만 말이야, 난 너희가 틀렸다는 게 아니라 공부가 소를 위한 건 아니라는 점을 말하는 것뿐이야. 지금까지 어느 누구도 공부하는 소를 본 적이 없다는 게 그 증거지."

"그건 증거가 될 수 없어. 소가 글을 모르는 건 배우지 않왔기 때문이야."

마리네트가 발끈했어요.

"어쨌든, 난 안 할 거니까 이제 나를 좀 가만히 놔뒀으면 좋겠어."

델핀은 계속 설득해보려고 애썼지만 붉은 소는 들으려 하지 않았어요. 아이들은 공부에 도통 관심을 보이지 않는 소의 고집과 게으름을 걱정하며 할 수 없이 뒤돌아섰지요. 한편, 흰 소는 아이들의 설득에 마음이 움직인 것 같았어요. 흰 소는 아이들을 무척 좋아했기 때문에 자신마저 거절해서 아이들을 낙담하게 만들고 싶지는 않았어요. 게다가 남들과 구별되는 특별한 소가 될 수 있다는 게 그리 나빠 보이지도 않았어요. 흰 소는 괜찮은, 아니 괜찮은 정도가 아니라 아주 좋은 소였어요. 온순하고 인내심 있고 부지런했거든요. 다만 약간 거만하고 야심도 있었어요. 그것은 밭에서 아빠가 주의를 줄 때 귀를 꼿꼿이 치켜세우는 도도한 모습에서 알 수 있었지요. 하지만 모든 소는 저마다 단점을 가지고 있고 완벽한 소는 없는 법이지요. 작은 문제점이 약간은 있어도 흰 소가 아주 훌륭한 소인 건 틀림없었어요.

"얘들아, 내 말을 들어보렴. 사실 나도 내 친구처럼 '글을 배워서 뭐 하게?'라고 말하고 싶기는 해. 하지만 너희를 실망시키고 싶지는 않구나. 공부가 소에게 별 도움은 안 되더라도 그렇다고 해서 나쁠 것도 없겠지. 어쩌면 재미있을지도 모르고 말이야. 너무 복잡하고 힘들지만 않다면 한번 배워볼게."

마침내 공부에 관심이 있는 소를 찾아내자 너무나 기뻤던 아이들은 정말 똑똑한 소라고 칭찬을 아끼지 않았어요.

"소야, 나는 네가 아주 잘할 수 있을 거라고 확신해. 금방 많은 걸 배우게 될 거야."

칭찬을 들은 흰 소는 고개를 집어넣어 아코디언처럼 주름을 만들고 머리를 어깨뼈 안으로 잡아당겼어요. 이것은 우리가 뻐기고 싶을 때 어깨를 펴고 가슴을 앞으로 쭉 내미는 것과 같은 행동이랍니다.

"사실, 내 생각에도 내게 재능이 있는 것 같아."

아이들이 알파벳 책을 가지러 외양간을 나설 때 커다란 붉은 소가 심각하게 물었어요.

"얘들아, 너희 혹시 되새김질하는 법을 배울 생각 없니?"

"되새김질?" 아이들이 웃음을 터뜨리며 물었어요. "그걸 배워서 뭐 하게?"

"그렇지? 그런 걸 배워서 뭐 하겠어?"

붉은 소가 맞장구쳤어요.

엄마 아빠를 깜짝 놀라게 해주고 싶었던 델핀과 마리네트는 흰 소의 공부를 비밀에 부치기로 했어요. 나중에 흰 소가 충분히 똑똑해졌을 때 아빠를 놀라게 해주면 재미있을 거라고 생각했지요.

흰 소의 공부는 아이들이 기대했던 것보다 더 순조롭게 진행되었어요. 예상보다 흰 소는 훨씬 공부에 재능이 있었을 뿐 아니라 자존심도 강해서 열심히 하기도 했거든요. 붉은 소가 조롱하자 보란 듯이 알파벳을 읽는 게 세상에서 제일 재미있는 일인 것처럼 행동했어요. 보름도 채 안 되어서 흰 소는 알파벳을 모두 읽고 외우게 되었어요. 매주 일요일이나 비 오는 날, 그리고 매일 저녁 들판에서 소를 몰고 돌아오면 델핀과 마리네트는 엄마 아빠 몰래 흰 소에게 읽기를 가르쳤어요. 너무 열심히 공부한 나머지 불쌍한 흰 소는 머리가 깨질 듯 심한 두통에 시달리기도 했고 어쩌다 한밤중에 잠에서 깨는 날엔 큰 소리로 "'ㅂ'에 'ㅏ'를 더하면 바, 'ㅂ'에 'ㅔ'를 더하면 베, 'ㅂ'에 'ㅣ'를 더하면 비……" 하면서 연습하곤 했어요.

"자다 말고 바, 베, 비라니……" 붉은 소가 투덜거렸어요. "꼬맹이들이 공연히 엉뚱한 짓을 하는 바람에 밤에도 조용히 잠을 잘 수가 없네. 흰 소야, 정말 나중에 후회하지 않을 자신 있는 거야?"

"모음과 자음을 배우고 그걸 조합해서 읽는 법을 배운다는 게 얼마나 재미있는 일인지 너는 상상도 못 할 거야." 흰 소가 대꾸했어요. "공부를 시작한 후 인생이 훨씬 즐거워졌어. 왜 사람들이 그렇게나 교육을 강조했는지 이제 이해가 돼. 3주 전의 나와는 완전히 다른 소가 되었어. 아, 배움의 기쁨이란! 그렇지만 원한다고 누구나 할 수 있는 건 아니겠지. 재능이 필요하거든."

흰 소가 이렇게 행복해하는 모습을 보고 붉은 소는 공부를 하지 않겠다고 고집부린 게 잘못한 것은 아닌가 하고 생각했어요. 하지만 그해의 여물은 유난히도 고소했고 건초는 길고 부드러워서 그런 배움의 유혹 따위는 쉽게 물리칠 수 있었어요.

처음에는 델핀과 마리네트도 역시 흰 소에게 글을 가르치길 정말 잘했다며 뿌듯해했어요. 흰 소의 학습 속도가 정말이지 놀라웠거든요. 한 달이 지나자 흰 소는 숫자를 익혔고 거의 막힘없이 글을 읽을 수 있게 되었을 뿐만 아니라 짧은 시를 외울 수 있을 정도가 되었어요. 너무나 공부에 열중한 나머지 외양간에서 여물통에 책을 걸쳐놓고 혀로 책장을 넘기며 시간을 보냈답니다. 어떤 때는 산수 책을, 어떤 때는 문법 책이나 역사책, 지리 책 그리고 시집까지 닥치는 대로 읽었어요. 호기심이 너무 왕성해서 인쇄된 것이면 무엇에나 관심을 보였어요.

"이렇게 대단한 지식들도 모르고 어떻게 지금까지 살아왔을까?"

흰 소는 새로운 내용을 읽을 때마다 이렇게 중얼거렸어요.

밭에서나 목초지에서나 길을 걸을 때나 흰 소는 책 읽기만 생각했어요. 흰 소는 여섯 살이었는데 여섯 살짜리 소는 사람으로 치면 스물다섯 살에서 서른 살쯤 되는 혈기왕성한 나이예요. 하지만 흰 소는 공부에 대한 열정이 지나쳐 지칠 때까지 공부를 한 데다가 그 열의 또한 날로 커져만 갔기 때문에 밭일을 할 체력이 남아나질 않았어요. 더 심각한 것은 쉬지 않고 생각만 하다 보니 먹는 것도 물 마시는 것도 잊을 정도라는 거였어요. 날로 여위어가는 몸과 누렇게 생기 잃은 눈을 보며 아이들은 걱정이 되었어요. 아이들이 말했어요.

“소야, 네가 열심히 공부하는 모습을 보니 우리도 정말 기뻐. 이제 너도 우리만큼 많이 배웠어. 어쩌면 우리보다 더 똑똑해졌는지도 몰라. 그러니까 이제 좀 쉬어도 괜찮아. 네 건강이 많이 안 좋아졌어.”

“건강쯤이야 아무려면 어때? 정신이 더욱 풍요로워질 수만 있다면 다른 건 아무래도 상관없어.”

“소야, 그렇게 고집부릴 일이 아니야. 네가 우리랑 같이 학교에 갈 수 있다면 사람들이 하루 종일 공부만 하지는 않는다는 걸 알 수 있을 텐데…… 학교에서는 다른 것도 많이 한단다. 우리를 보면 알잖아. 틈틈이 쉬면서 놀기도 하고, 게다가 방학도 있어.”

“방학이라고? 그래 좋아! 방학에 대해서 이야기해보자. 방학 얘기를 한다고 해서 내가 설마 화라도 내겠니? 절대 아니지. 아무렴!”

흰 소가 도대체 무슨 얘기를 하려는 건지 알 수 없어서 아이들은 ‘흰 소가 대체 왜 저러는 거야?’라는 의미에서 서로 팔꿈치로 쿡쿡 찔러대기만 했죠.

“아, 그래. 그렇게 팔꿈치로 찌를 필요 없어. 난 미치지 않았으니까 말이야. 난 내가 무슨 말을 하고 있는지 잘 안다고. 너희가 내게 방학이니 뭐니 하는 소리를 하면서 쉬라고 했지? 그래, 좋아. 내 생각을 말할게. 너희 의견에 전적으로 동감이야. 방학? 물론 중요하지. 그런데 진짜 휴식은 말이야, 바로 내가 원하는 대로, 내 취향과 적성에 따라 하고 싶은 걸 하는 거야. 시를 읽고 현인들의 작품을 알아가는 데 내 시간을 할애하는 것…… 바로 그게 제대로 된 인생이란다. 그렇고말고!"

"노는 것도 중요해."

마리네트가 말했어요.

"너희 같은 아이들과는 대화가 안 통해서 더 얘기를 못 하겠다."

소가 한숨을 쉬며 말했어요. 그러더니 읽고 있던 지리 책 속으로 다시 빠져들었어요. 아이들이 거기 있는 게 귀찮다는 듯 꼬리를 툭툭 휘저으면서 말이에요. 더 이상 어떤 말도 소용이 없었어요. 흰 소는 절대로 충고를 들을 생각이 없어 보였죠.

"네가 쉬고 싶지 않다면 어쩔 수 없지. 그래도 공부하는 모습을 다른 사람에게 들키지 않도록 조심해. 맨날 그렇게 책만 들여다보고 있는 거 같은데, 만약 엄마 아빠가 그걸 보신다면 무슨 일이 생길지 모르겠어……"

마리네트가 충고했어요. 이렇게 말하는 걸 보니 아이들도 이제는 소에게 글을 가르친 것이 잘한 일인지 확신할 수 없었어요. 아무튼 아이들은 자기들이 한 일을 아무에게도 자랑하지 않았답니다.

당연히 아빠도 흰 소의 행동이 달라졌다는 걸 눈치챘죠. 어느 날 해 질 무렵, 아빠는 외양간 문간에 걸터앉아 멍하니 들판을 바라보고 있는 소를 보고 놀랐어요.

"흰 소야, 그런 자세로 앉아서 대체 뭐 하고 있는 거냐?"

아빠가 물었죠.

흰 소는 눈을 반쯤 지그시 감은 채 고개를 흔들며 나지막한 목소리로 이렇게 대답했어요.

문간에 앉아 저물어가는 해를 감상하노라.
하루 일과 끝에 빛나는 밝은 빛이여……

이것이 빅토르 위고*의 시라는 걸 아빠는 알지 못했어요.

어쩌면 잊어버린 것일 수도 있겠죠. 그래서 처음엔 "저 녀석 제법인걸!" 하고 생각했어요.

하지만 이내 소의 이 멋진 대답에서 어딘가 걱정스럽고 수상한 느낌을 받은 아빠는 이렇게 중얼거렸어요.

"흠…… 무슨 일인지는 모르겠지만 얼마 전부터 저 녀석 어쩐지 이상해졌단 말이야. 아주 이상해……"

이 모습을 지켜보고 당황한 아이들의 얼굴이 온통 빨갛게 달아오른 것까지는 아빠도 보지 못했답니다.

"자, 어서 움직여! 외양간으로 들어가라! 거드름 피우는 소는 딱 질색이다!"

아빠가 이렇게 소리 지르는 걸 들은 아이들은 얼굴이 더욱 새빨개져 눈물이 찔끔 나올 정도였어요.

흰 소는 슬픔과 원망이 교차하는 눈빛으로 아빠를 쳐다본 후 붉은 소 옆 자기 자리로 돌아갔어요. 얼마 지나지 않아 흰 소는 밭일을 하는 중에도 공부에 정신이 팔려 실수를 하곤 했어요. 머릿속이 온통 아름다운 시 구절과 역사 연대, 숫자와 명언 들로 가득 찬 나머지 아빠가 하는 말도 건성으

* Victor Hugo(1802~1885). 19세기 프랑스를 대표하는 시인이자 소설가다. 『레 미제라블』『파리의 노트르담』 등의 소설을 썼다.

로 들어 넘기는 것이었어요. 심지어 아예 아무 말도 듣지 못하거나 비뚤비뚤 쟁기질을 하면서 도랑 끝까지 가버릴 때도 있었죠.

"조심해! 너 때문에 나까지 혼나겠어."

붉은 소가 어깨로 흰 소를 밀며 속삭였어요. 그때마다 흰 소는 거만스럽게 귀를 살짝 움찔거리며 원래의 길로 돌아왔다가도 이내 다시 엉뚱한 방향으로 가기 일쑤였어요.

하루는 아침에 밭고랑을 갈다가 아빠가 서라고 시키지도 않았는데 갑자기 밭 한가운데에 멈춰 서더니 잠꼬대 같은 소리를 했어요.

"'두 개의 수도꼭지를 틀어 75센티미터 높이의 원통 용기에 물을 채우려고 한다. 수도꼭지 두 개를 다 틀었을 때 1분당 250센티미터의 물을 받을 수 있다. 수도꼭지 하나만 틀었을 때 용기를 가득 채우는 데 30분이 걸리고 다른 수도꼭지는 그 속도가 세 배 더 빠르다고 하면, 수도꼭지 두 개를 다 틀었을 때 용기를 가득 채우기 위해 걸리는 시간을 계산하고 용기의 부피와 지름을 구하라.' 흥미로운 문제인걸…… 아주 흥미로워……"

"저 녀석이 지금 뭐라고 중얼거리는 거야?"

아빠가 말했어요.

"그런데 말이야…… 만약 두 개의 수도꼭지를 모두 잠가 버리면 어떻게 될까?"

"대체 무슨 소릴 하고 있는지 말해보라니까!"

하지만 계산 문제에 너무 깊이 빠져 있던 흰 소는 아빠의 말을 전혀 듣지 못하고 해답을 찾느라 숫자만 웅얼거리면서 꼼짝도 하지 않았어요. 원래 소는 변덕 없는 우직함으로 많은 칭찬을 받는 동물이었어요. 노새나 당나귀처럼 걸핏하면 멈춰서 고집부리는 일은 단 한 번도 없었지요. 그래서 흰 소의 이 갑작스러운 행동에 아빠는 무척 놀랐어요. 흰 소가 아픈가 보다 생각한 아빠는 쟁기 손잡이를 내려놓고 다가가서 다정하게 말했어요.

"흰 소야, 오늘은 네가 좀 힘들어 보이는구나. 어디가 어떻게 안 좋은지 솔직하게 말해보렴."

그런데 흰 소는 발굽으로 땅을 쾅쾅 차며 화난 목소리로 이렇게 대답하는 것이었어요.

"정말 왜 이렇게 못살게 구는 거예요? 도대체 단 1분도 조용히 생각할 틈이 없잖아요. 절 좀 가만히 놔두시면 안 돼요? 제가 쟁기질밖에 할 일이 없는 줄 아세요? 할 일이 얼마나 많은데 그러시냐고요!"

어안이 벙벙해진 아빠는 소가 지금 제정신인가 싶었지요. 이 모습을 본 붉은 소는 무척 안타까웠지만 아무런 내색도 하지 않았어요. 흰 소가 왜 저렇게 짜증을 부리는지 잘 알고 있었지만 아빠에게 고자질할 생각은 전혀 없었어요. 붉은 소는 좋은 친구였거든요. 이윽고 정신을 차리고 차분해진 흰 소는 시무룩한 목소리로 아빠에게 사과했어요.

"제가 잠시 딴생각을 했어요. 그러니까 이제 그만 잊고 다시 일을 시작하시죠."

그날 점심때, 아빠가 엄마에게 하는 말을 듣고 아이들은 기겁했어요.

"흰 소가 점점 제멋대로 굴어서 큰일이야. 오늘 아침에도 그 녀석의 멍청한 짓에 분통이 터져 혼났다니까. 일만 엉망으로 하는 게 아니라 말대꾸도 얼마나 뻔뻔하게 하던지 이젠 뭐라고 야단도 못 치겠어! 진짜 남들이 들으면 내가 거짓말하는 줄 알 거야. 저 녀석 계속 저렇게 제멋대로 굴면 푸줏간에 팔아버려야겠어……"

"푸줏간에요? 왜요?"

델핀이 물었어요.

"왜긴 왜야? 잡아먹으려는 거지!"

델핀은 울음을 터뜨렸고 마리네트는 소리를 질렀어요.

"흰 소를 잡아먹는다고요? 그건 안 돼요! 난 싫어요!"

"나도 싫어요!" 델핀이 말했어요. "소가 기분이 안 좋거나 슬퍼한다고 잡아먹는 법이 어디 있어요?"

"그럼 소를 달래주기라도 하란 말이야?"

"당연히 그래야죠! 어쨌든 소를 잡아먹을 수는 없어요."

"절대로 안 먹을 거예요!"

자기들이 흰 소를 얼마나 큰 위험에 빠뜨렸는지 알게 된 아이들은 발을 버둥거리고 엉엉 울면서 소란을 피웠어요. 어찌나 요란스럽게 난리를 피웠는지 아빠는 화가 나서 소리쳤어요.

"조용히 하지 못하겠니? 왜 이렇게 야단법석이야? 이 문제는 너희와는 아무 상관도 없는 일이다. 쓸데없이 심통 부리고 고집만 피우는 소를 잡아먹어야지, 그냥 둬서 뭐 하게? 흰 소가 앞으로도 계속 저런 식으로 굴면 잡아먹어버릴 거야. 그래야 하고말고!"

아이들이 밖으로 나가자 아빠는 더 이상 화내지 않고 웃으며 엄마에게 말했어요.

"애들 말만 듣다가는 집에 있는 모든 가축을 늙어 죽을 때까지 데리고 있어야 할걸? 그런데 흰 소는 말이야, 좀 더 뒀다가 팔아야 할 것 같아. 너무 말라서 지금 팔면 제값을 못 받을 거야. 도대체 왜 저렇게 여위어가는지 궁금하기도 하고…… 이상하잖아. 뭔가 분명히 이유가 있기는 있을 거야."

델핀과 마리네트는 불쌍한 소에게 위험을 알려주려고 외양간으로 달려갔어요. 흰 소는 마침 문법을 공부하던 참이었죠. 아이들이 들어오는 것을 본 흰 소는 눈을 감고는 단번에 과거분사와 현재분사 법칙을 술술 외웠어요. 그 어려운 걸 하나도 틀리지 않고 말이에요. 하지만 마리네트는 문법책을 소에게서 빼앗아버렸죠. 델핀은 짚단 위에 풀썩 주저앉았어요.

"흰 소야, 너 앞으로도 계속 비뚤배뚤 쟁기질하고 함부로 말대꾸하면 아빠가 널 팔아버리신대."

"그게 무슨 대수라고 이 야단이야? 라퐁텐*이 이렇게 말했지. '우리의 적은 바로 우리의 주인이다.' 그 말에 난 전적

* Jean de La Fontaine(1621~1695). 17세기 프랑스의 시인이자 우화 작가이다. 대표작으로 동물을 의인화한 『우화집』 등이 있다.

으로 동감이야."

아이들은 소가 냉정하게 변했다고 생각했어요. 예전에는 다정한 소였는데 말이에요. 아이들이 자기를 그렇게 걱정하는데, 흰 소도 몇 마디쯤은 들어주어야 하는 거 아니겠어요?

"너희도 봐서 알겠지만 이제 저 녀석은 주인도 친구도 몰라봐."

붉은 소가 옆에서 말했어요.

"내가 팔려 간들 뭐가 어때? 어디 간들 여기보다야 나은 대접을 받겠지."

흰 소가 말했죠.

"불쌍한 소야, 너는 푸줏간에 팔려 가는 거라구."

델핀이 말했어요.

"너를 잡아먹으려는 거란 말이야! 네가 죽게 된다고! 네게 공부를 가르치는 게 아니었는데, 이게 다 우리 잘못이야. 공부를 시작한 뒤로 네가 이상해졌잖아. 푸줏간에 팔려 가 고깃덩어리가 되고 싶지 않으면 그동안 네가 배운 걸 모두 잊어버려야 해."

흰 소의 대답에 서운해진 마리네트는 소리쳤어요.

"그러게 내가 뭐라고 했니? 공부는 소에게 쓸모없다고 했잖아." 붉은 소가 한숨을 쉬며 말했어요. "아무도 내 말을 듣지 않더니……"

흰 소가 붉은 소를 아래위로 훑어보더니 매몰차게 말했어요.

"네, 네, 붉은 소 아저씨, 제가 그때 선생님 말을 무시했었죠. 그런데 그건 지금도 마찬가지랍니다. 제가 전혀 후회하지 않는다는 걸 알아주셨으면 해요. 배운 걸 전부 잊어버리라고 말씀하신다면 저는 거절할밖에요. 제 유일한 열망, 유일한 욕심은 앞으로도 지금처럼 계속 더 공부하는 것뿐이에요. 배움을 포기하느니 차라리 죽음을 선택하겠어요."

흰 소의 대답에 붉은 소는 화를 내기는커녕 다정하게 말했어요.

"만약 네가 죽게 된다면 난 정말 슬플 거야. 그것만 알아줘."

"그래, 물론 말은 그렇게 하겠지. 하지만 속으론 그렇지 않을걸?"

"죽는 게 너한테도 즐거운 일은 아닐 텐데." 붉은 소가 계속 말했어요. "언젠가 내가 읍내 푸줏간 앞을 지나가다가 말이야, 소 한 마리가 죽어서 거꾸로 대롱대롱 매달려 있는 걸 봤어. 넓적다리가 갈고리에 걸린 채 배는 두 쪽으로 쩍 갈라져 있었지. 그 녀석의 머리는 따로 베어져 그 옆에 놓인 접시 위에 올려져 있었지. 가죽은 몽땅 벗겨져 있었고 푸줏간 주인은 피가 흥건한 살덩이를 칼로 썰고 있었어. 조심하지 않고 계속 공부만 하다가는 너도 똑같은 신세가 될 거야."

죽고 싶은 마음이 싹 달아난 흰 소는 뭐라고 계속 변명을 늘어놓으면서도 아이들의 충고를 따르기로 했어요.

"흰 소야, 면장님이 하신 말씀은 소를 위한 게 아니었어. 우리가 좀더 신중하게 생각했더라면 너에게 공부 대신 술래잡기, 손뼉치기, 인형 놀이, 고양이 놀이 같은 재미있는 놀이를 가르쳤을 거야."

"싫어. 아무리 그래도 그런 놀이는 애들이나 하는 거야."

흰 소가 화를 냈어요.

"나는 이런 놀이가 훨씬 재미있어 보이는걸. 손뼉치기, 고양이 놀이 같은 거 말이야. 뭔지는 몰라도 굉장히 재미있을 것 같아."

듣고 있던 붉은 소가 이를 활짝 드러내고 환하게 웃으며 말했어요.

아이들은 붉은 소에게 놀이를 가르쳐주겠다고 약속했어요. 그리고 흰 소는 앞으로 밭일을 열심히 하고 적어도 아빠가 있을 때에는 딴생각을 하지 않겠다고 약속했죠.

이후 일주일 동안 흰 소는 아무 책도 읽지 않고 잘 참았어요. 하지만 책을 끊자 너무 불행해진 흰 소는 점점 수척해져 갔어요. 일주일 만에 12킬로그램하고도 300그램이나 빠졌답니다. 아무리 덩치 큰 소라지만 이 정도면 살이 굉장히 많이 빠진 거예요. 이렇게 되자 아이들도 흰 소를 그냥 내버려두어선 안 되겠다는 것을 깨닫고, 자기들 생각에 가장 지루해 보이는 책을 몇 권 골라서 소에게 가져다주었어요. 우산 만드는 법, 류머티즘 치료법 같은 게 담긴 책이었죠. 하지만 흰 소는 이런 책들을 너무 재미있어하면서 몇 번이고 반복해 읽는 것도 모자라 그 내용을 몽땅 외워버렸어요.

"다른 책도 갖다줘."

흰 소가 말했어요. 아이들은 그 부탁을 들어줄 수밖에 없었지요. 그때부터 흰 소는 다시 공부를 향한 위험한 열정에 미친 듯이 빠져들었고 다른 무엇으로도 그의 관심을 되돌릴 수는 없었어요. 푸줏간의 고기가 될 위험도, 아빠의 역정도, 붉은 소의 다정한 충고도 그 무엇 하나 소용이 없었어요. 그런 한편 지난 몇 주 동안 붉은 소에게도 그 나름대로 엄청난 변화가 생겼답니다.

공부에 빠진 흰 소의 관심을 돌려볼 수 있을까 하는 희망에 가르친 손뼉치기, 눈 가리고 술래잡기, 고양이 놀이에 붉은 소가 지나치게 빠져버린 거예요. 그래서 아무것도 아닌 일에 걸핏하면 신이 나서 자기 나이에 맞지 않게 깔깔거리는 소가 되어버렸어요. 두 소는 사사건건 의견이 충돌했어요. 언쟁의 이유도 다양했죠.

"이해할 수가 없어." 흰 소가 친구에게 슬픈 눈길을 던지며 진지하게 말했어요. "도저히 이해가 안 돼……"

"나 좀 웃게 내버려 둬. 웃음이 나오는 걸 어쩌라고. 너무 웃긴단 말이야."

붉은 소가 대꾸했죠.

"어떻게 진지함과 품위를 저렇게까지 잃을 수가 있는 거지? 정말 이해할 수가 없는 일이야. 한쪽에서 누구는 가로와 세로를 곱하면 사각형의 넓이가 되고 라인강의 발원지가 생고타르산맥이고 샤를 마르텔이 732년에 아랍을 무찌른 사실을 생각하고 있을 때, 다른 한쪽에서는 여섯 살이나 먹은 소가 유치한 놀이에 빠져 경이로운 세상의 이치를 외면하고 있다니……"

"하! 하! 하!" 하고 붉은 소는 데굴데굴 구르고 깔깔거리며 웃고 있었어요.

"멍청이 같으니라고! 아무리 웃겨도 최소한 남의 공부를 방해하면 안 된다는 기본적인 예의쯤은 알아야지. 좀 조용히 할 수 없어?"

"내 말 좀 들어봐, 친구야. 그 책 좀 내려놓고 나랑 같이 놀자……"

"이 녀석 정말 단단히 미쳤군. 내가 같이 놀 시간이 어디 있다고 저런담……"

"비둘기 난다 놀이 하자. 15분이면 돼. 아니 딱 5분만……"

가끔씩 흰 소는 조용히 공부할 시간을 주겠다는 약속을 받아낸 뒤 붉은 소와 놀아주기도 했어요. 하지만 생각이 온통 공부에 가 있었기 때문에 흰 소의 놀이 실력은 언제나 형편없었지요. 짜증이 난 붉은 소는 흰 소가 일부러 게임을 못하는 척한다며 막 화를 냈어요.

"너 왜 맨날 첫판에 지는 거야? 너처럼 유식한 애가 집이 뭔지도 모른다는 게 말이 돼? 다 알면서 왜 자꾸 '비둘기 난

다'라고 안 하고 '집이 난다'고 하느냔 말이야. 너 정신이 오락가락하는구나? 그래, 그런 것 같아……"

"정신은 너보다 내가 낫지. 하지만 애들이나 좋아할 이런 유치한 놀이에 도무지 관심이 안 가는 걸 어떡해? 게임을 져도 난 하나도 부끄럽지 않아. 오히려 자랑스러워."

흰 소가 재빨리 대답했어요.

게임은 거의 언제나 서로 욕설이나 발길질을 주고받으며 끝났어요.

"어휴, 이 한심한 꼴을 좀 봐!" 어느 날 저녁 둘이 한창 다투고 있을 때 마리네트가 불쑥 끼어들어 말했어요. "너희, 좀더 예의 있게 말할 수 없겠니?"

"이게 다 붉은 소 탓이야. 자꾸만 나더러 비둘기 난다 놀이를 하자고 보채잖아."

"그게 아니야. 재랑은 농담 한마디도 못 한다니까."

두 소는 점점 더 사이가 나빠졌고 밭일도 이루 말할 수 없이 엉망진창으로 하게 되었어요. 정신이 완전히 딴 데 팔린 흰 소는 앞으로 가야 할 때 뒷걸음질 치고, 왼쪽으로 쟁기를 끌어야 할 때 오른쪽으로 끌었어요. 그런가 하면 붉은 소는 뭐가 좋은지 시도 때도 없이 낄낄거리질 않나, 아빠한테 고개를 돌리고는 수수께끼를 냈어요.

“발 네 개 위에 발 네 개가 있는데, 네 개가 가버리고 네 개만 남았어요. 이게 뭐게요?”

“바보 같은 소리 그만하고 계속 가! 이랴!”

“아, 네.” 붉은 소가 깔깔거리며 말했어요. “답이 뭔지 모르니까 그러시는 거죠?”

“내가 답을 몰라서 그런다고? 알고 싶지도 않아! 일이나 해!”

“잘 들어보세요. 하나도 어렵지 않아요. 발 네 개 위에 발 네 개……”

아빠가 막대기로 쿡쿡 찌르고 나서야 붉은 소는 다시 일을 시작했어요. 붉은 소가 겨우 일을 시작하면 이번에는 흰 소가 멈춰서 한 점과 다른 점을 이으려면 정말 직선이 가장 짧은 선인지, 나폴레옹이 역사상 가장 위대한 장군인지 자문했어요(흰 소는 카이사르가 가장 위대하다고 생각하곤 했어요). 아빠는 소 두 마리가 제멋대로 따로 움직이며 일을 형편없이 하는 모습을 보고 몹시 속상해했어요. 어떤 때에는 오전 내내 간신히 맨 이랑을 오후에 다시 매야 하는 일도 있었죠.

"저놈의 소들 때문에 정말 미치겠군." 아빠는 집에 돌아와서 이렇게 말하곤 했어요. "저놈들을 팔아버렸으면 좋겠는데…… 하지만 흰 소가 날이 갈수록 말라가니 어디 팔리기나 하겠어? 그렇다고 붉은 소를 먼저 팔자니 흰 소 한 마리만 데리고는 내가 도저히 일을 할 수 없을 테고, 참 난감하군."

델핀과 마리네트는 고민하는 아빠의 말에 마음의 가책을 느꼈지만 그래도 어느 소도 푸줏간에 팔아버리겠다고는 안 해서 안도했어요. 하지만 아이들은 조만간 흰 소가 입을 함부로 놀려 모두 망치게 될 줄은 꿈에도 몰랐죠.

어느 날 저녁 밭일을 마치고 돌아온 붉은 소가 아이들과 마당에서 고양이 놀이를 하고 있었어요. 원래는 작은 통이나 나무 의자 혹은 빨래 통 같은 작은 물건 위에 올라가 웅크려야 하는 놀이지만, 그러기엔 소가 너무 컸기 때문에 횃대 위에 발 하나만 올려놓아도 봐주기로 했지요. 아빠는 이런 놀이를 못마땅하게 여겼어요. 붉은 소가 우물 돌담 위에 웅크려 앉는 시늉을 하자 아빠가 꼬리를 홱 잡아채면서 소리쳤어요.

"언제까지 이런 바보 짓을 할 거니? 이 몸집만 커다란 멍청아, 이게 뭐가 재미있다는 거야?"

"왜 그러세요, 아저씨? 이제 제 맘대로 놀지도 못하나요?"

붉은 소가 불평했어요.

"일을 제대로 하면 그때 놀게 허락해주마. 어서 외양간으로 들어가!"

붉은 소를 외양간에 밀어 넣은 아빠는 이번에는 돌 여물통 안에서 흰 소가 물리 실험을 하고 있는 모습을 보았어요.

"흰 소 녀석아, 너도 마찬가지야! 내가 무슨 수를 써서라도 너를 제대로 일하게 할 방법을 찾고 말 테다. 너도 외양간으로 어서 들어가! 여물통 안에서 철벅거리며 장난질이라니 지금 이게 뭐 하는 짓이란 말이냐? 어서 거기서 나오지 못해?"

실험이 갑자기 중단되어 화가 난 데다가 명령조의 말투에 모욕감을 느낀 흰 소는 이렇게 소리쳤어요.

"붉은 소처럼 무식한 소에게 함부로 말씀하시는 건 이해해요. 저런 녀석들에겐 다른 식의 말이 통하지 않으니까요. 하지만 저처럼 많이 배운 소를 그렇게 예의 없이 대하시면 안 되죠."

가까이 다가온 아이들이 그만 말하라고 손짓 발짓으로

신호를 주었지만 흰 소는 계속 말을 이어갔어요.

"과학, 문학, 철학을 배운 소라고요, 저는."

"뭐라고? 네가 그렇게나 유식한지 미처 몰라봤구나."

"사실인걸요. 전 아저씨보다 훨씬 더 많은 책을 읽었어요. 그뿐인 줄 아세요? 아저씨네 식구가 아는 걸 모두 합친 것보다 더 많은 지식을 알고 있답니다. 이렇게 유식한 소가 밭일 같은 허드렛일이나 하는 게 어울린다고 생각하세요? 철학이 있어야 할 자리가 쟁기 앞이라고 생각하시나요? 제가 밭일을 엉터리로 한다고 나무라시지만 그건 제게 밭일보다 더 중요한 일이 있기 때문이에요."

아빠는 가끔씩 고개를 끄덕이며 흰 소의 말을 유심히 들었어요. 아이들은 아빠가 무척 화가 나 있으며, 흰 소가 말을 마치면 불호령을 내릴 거라는 생각에 안절부절 어쩔 줄을 몰랐어요. 하지만 전혀 예상하지 못했던 아빠의 반응에 아이들은 깜짝 놀랐어요.

"흰 소야, 왜 내게 더 일찍 사실을 말하지 않았니? 진작 알았더라면 네게 그렇게 힘든 일을 억지로 시키지 않았을 텐데 말이다. 나는 과학과 철학을 무척 존중하는 사람이란다."

"그리고 문학도요. 제가 문학도 공부했다는 걸 잊으신 모양이네요."

흰 소가 말했어요.

"물론 문학도 중요하고말고. 잘 알았으니 이제 가보거라. 너는 이제부터 밭일은 그만두고 집에서 조용히 네 공부를 마치도록 해라. 네가 낮에 일하느라 밤에 잠자는 시간을 줄여가며 책 읽고 생각하는 건 나도 원하지 않아."

"아저씨는 정말 좋은 주인님이시군요! 이 은혜를 어떻게 갚을 수 있을까요?"

"은혜라니! 그런 걱정하지 말고 건강이나 챙기려무나. 문학, 과학, 철학도 좋지만 네 볼살이 좀더 통통해졌으면 좋겠구나. 다른 걱정 말고 그저 열심히 공부하고 먹고 충분히 자렴. 일은 붉은 소가 네 몫까지 다 할 테니 걱정 말아라."

흰 소는 아빠의 탁월한 지성을 입이 마르도록 칭송했고 아이들도 그런 아빠가 자랑스러웠어요. 이 결정에 기분이 상한 건 붉은 소뿐이었죠. 하지만 붉은 소는 곧 이 새로운 작업 방식에 잘 적응했어요. 아주 만족스럽게 해내지는 못한다 하더라도, 적어도 짝꿍이 딴생각에 빠졌을 때나 일부러 일을 망쳐놓았을 때보다 덜 힘들었거든요.

한편 흰 소는 그야말로 행복한 나날을 보내고 있었죠. 철학에 좀더 매진하기로 결심한 흰 소는 충분한 여유와 맛있는 건초를 제공받으며 평온하게 사색에 잠길 수 있었어요. 날로 살이 올라 안색도 좋아졌지요. 흰 소의 철학적 깊이가 제법 더해진 무렵 아빠는 녀석의 몸무게가 75킬로그램까지 불어난 것을 알고는 흰 소를 붉은 소와 함께 푸줏간에 팔아넘겨야겠다고 마음먹었어요. 그런데 마침 운 좋게도 아빠가 두 마리 소를 데리고 시내로 나간 날 대규모 서커스단이 마을에 들어와 광장에 대형 천막을 치고 있었어요. 우연히 두 마리 소 앞을 지나가던 서커스단 단장은 흰 소가 과학과 시에 대해 이야기하는 소리를 들었어요. 유식한 소가 서커스단에 하나쯤 있는 것도 나쁘지 않겠다고 생각한 단장은 아빠에게 후한 값을 제시하며 자기에게 흰 소를 넘기라고 제안했어요. 붉은 소는 자신도 진작 공부하지 않은 걸 후회했어요.

"저도 데려가주세요. 저는 유식하지는 않지만 재미있는 놀이를 많이 알아요. 관객들도 틀림없이 좋아할 거예요."

붉은 소가 애원했어요.

"그래요. 이 친구도 함께 데려가줘요." 흰 소가 부탁했어요. "이 녀석은 제 친구예요. 이 친구와 헤어질 수 없어요."

약간 망설이던 단장은 붉은 소도 사들이기로 결심했어요. 그리고 이후 그 결정을 한 번도 후회하지 않았답니다. 왜냐하면 두 소는 정말 큰 인기를 끌었거든요. 소들이 팔려 간 다음 날 아이들은 읍내로 나와 멋진 공연을 하는 친구들에게 아낌없는 박수를 보냈어요. 소 친구들을 보는 건 이번이 마지막이라는 생각에 아이들은 마음이 아팠어요. 흰 소도 마찬가지였어요. 여행을 통해 더 많이 배울 수 있을 거라고 스스로를 다독이면서도, 터져 나오는 눈물을 막기는 어려웠어요.

엄마 아빠는 이후 다른 소 두 마리를 사 왔지만 아이들은 더 이상 소에게 읽기를 가르치지 않았어요. 서커스단에 자리가 나지 않는 이상 소가 공부해서 얻을 건 하나도 없을 뿐 아니라, 최고의 지식이 소를 최악의 상황으로 몰고 갈 수도 있다는 사실을 아이들도 이제 잘 알게 되었기 때문이에요.

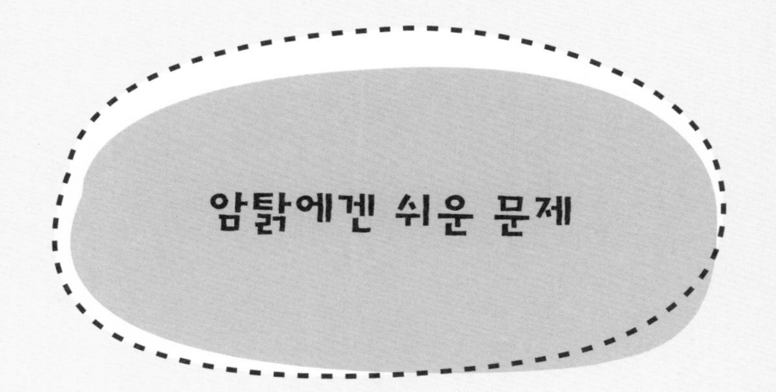

암탉에겐 쉬운 문제

엄마 아빠가 연장을 벽에 기대어 놓고, 문을 열고 부엌으로 들어오다가 문턱에서 걸음을 멈추었어요. 델핀과 마리네트는 등을 보인 채 공책을 자기 앞에 두고 나란히 식탁 앞에 앉아 있었지요. 펜대 끝을 입에 물고, 다리는 식탁 앞에서 흔들거리면서 말이에요. 엄마 아빠가 물었어요.

"선생님이 내주신 문제는 풀었니?"

아이들은 얼굴이 빨개졌어요. 입에서 펜대를 떼었죠.

"아직이요. 문제가 너무 어려워요. 선생님도 어려운 문제라고 미리 얘기해주셨는걸요."

델핀이 모기만 한 목소리로 대답했어요.

"선생님께서 너희에게 그 문제를 내셨다는 건 너희가 풀

수 있는 문제라는 거지. 그런데 너희는 어쩜 그렇게도 항상 그 모양인지 모르겠구나. 놀 때는 제일 앞장서면서, 공부할 때는 왜 그렇게 느려터진 게냐? 차라리 내 신발짝이 너희보다 생각을 잘하는 것 같구나. 이제는 달라질 때도 되지 않았니? 열 살이나 먹어가지고 이깟 계산 문제 하나 제대로 못 풀다니 쯧쯧……"

"벌써 두 시간째 생각하는데도 어려운 걸 어떡해요?"

마리네트가 말했어요.

"그래, 말 잘했다. 두 시간이나 지났는데 아직도 답을 못 찾았다는 거 아니니? 목요일 오후를 몽땅 그 문제 하나에 다 쓰겠구나. 그래도 저녁까지는 무조건 풀어놓아야 한다. 저녁까지 못 풀면 혼날 줄 알아라. 알겠니?"

아이들이 저녁까지 해답을 못 찾을 수 있다는 생각만으로도 너무 화가 치밀어 오른 엄마 아빠는 부엌 안으로 들어왔어요. 아이들 등 뒤로 다가와서는 아이들 머리 위로 고개를 쭉 빼고 공책에 끄적거려놓은 것을 보았어요. 처음에는 화가 머리끝까지 올라 입만 벌린 채 아무 말도 못 했어요. 델핀과 마리네트가 공책 하나에는 한 페이지 가득 꼭두각시 인형을, 다른 공책에는 집을 그려놓았거든요. 지붕 위의 굴뚝에서는 연기가 모락모락 피어오르고 연못에는 오리 한 마리가 한가로이 노닐고 있었으며, 집 앞으로 난 기다란 길 끝에는 자전거를 타고 오는 우체부가 그려져 있었어요. 아이들은 잔뜩 주눅이 들어 의자 위에 몸을 웅크렸어요. 엄마 아빠는 이게 무슨 짓이냐고, 이렇게 게으른 애들은 키울 필요가 없다고 마구 소리를 지르더니 두 팔을 치켜들고 바닥을 발로 쾅쾅 구르며 부엌 안에서 걷다 서기를 반복했어요. 얼마나 요란하게 화를 내는지 식탁 아래, 아이들 발밑에서 잠을 자고 있던 개가 일어나 엄마 아빠 앞에 버티고 섰어요. 브리 지방 양치기 개였는데, 두 분을 잘 따랐지만 델핀과 마리네트를 더 좋아했답니다.

"아저씨 아줌마, 정말 너무하세요. 이렇게 야단치고 발을 구르시는 게 문제 풀이에 무슨 도움이 되겠어요? 이 화창한 날 부엌에 박혀서 문제 푸는 게 애들이라고 좋겠어요? 나가서 노는 게 훨씬 재미있겠죠."

"말 잘했다. 바로 그게 문제라는 거다. 나중에 아이들이 커서 스무 살에 결혼하게 되면 남편에게 멍청하다고 무시나 당할 테니 말이야."

"아이들이 남편에게 공놀이나 등 짚고 뛰어넘기를 가르

쳐줄 수도 있겠죠. 안 그러니, 얘들아?"

"그럼, 물론이지!"

아이들이 대답했어요.

"시끄러워!" 엄마 아빠가 소리쳤어요. "어서 하던 공부나 마저 끝내라! 부끄러운 줄을 알아야지. 덩치만 컸지, 학교 숙제 하나를 못 해서 쩔쩔매는 꼴이라니……"

"두 분은 걱정이 너무 지나치세요." 개가 말했어요. "아이들이 문제를 못 풀면 '문제가 너무 어려워서 그런가 보다' 하고 받아들이시는 게 나아요. 저처럼요."

"낙서나 하면서 시간을 허비하느니 어쩌면…… 뭐, 어쨌든 그만하자. 개하고 얘기를 계속하느니 차라리 일하러 나가는 게 낫지. 그리고 너희, 장난 그만하고 계속 풀어라. 오늘 저녁까지 못 풀면 각오해!"

이 말을 마치고 집 밖으로 나간 엄마 아빠는 연장을 다시 챙겨 들고 감자밭에 김매러 갔어요. 델핀과 마리네트는 고개를 공책에 떨구고는 훌쩍거렸어요. 개는 아이들이 앉은 두 의자 사이에 자리를 잡고, 앞발을 식탁 위에 올려서 아이들의 뺨을 번갈아 핥아주었어요.

"이 문제가 정말 그렇게 어려워?"

"어려운 정도가 아니야. 솔직히 뭐가 뭔지 하나도 모르겠어."

마리네트가 한숨을 내쉬었어요.

"무슨 내용인지 알면 내가 도움을 줄 수 있을지도 모르는데……"

개가 말했죠.

"내가 문장을 읽어줄게." 델핀이 말하더니 문제를 소리 내어 읽었어요. "'마을에 있는 숲의 면적은 16헥타르입니다. 1아르에 세 그루의 떡갈나무, 두 그루의 너도밤나무, 한 그루의 자작나무가 심어져 있다고 할 때, 숲 전체에는 각 나무 종류마다 몇 그루씩 있을까요?'"

"너희 말이 맞아. 쉬운 문제가 아니야." 개가 말했어요. "그런데 우선, 헥타르가 뭐지?"

"우리도 잘 모르겠어." 둘 중 언니이면서 아는 것도 더 많은 델핀이 대답했어요. "헥타르는 아르랑 거의 같은 건데 굳이 따지자면 아르보다 더 넓은 것 같아. 정확하진 않지만 그런 것 같아."

"아니야, 아르가 더 넓은 거야."

마리네트가 이의를 제기했어요.

"싸우지 마, 애들아." 개가 말했어요. "뭐가 더 넓은지는 중요하지 않아. 문제를 좀더 자세히 들여다보자. '마을에 있는 숲의 면적은……'"

문제를 모두 외운 후 개는 귀를 이따금씩 쫑긋거리면서 한참 동안 생각에 잠겼어요. 아이들은 약간의 기대를 품고 기다렸지만, 개는 결국 자신이 풀 수 있는 문제가 아니라는 결론에 도달했지요.

"너무 실망하지 마. 문제가 어려운 건 사실이지만 어떻게든 답을 찾아낼 수 있을 거야. 집 안의 동물 친구들을 모두 불러 모아야겠다. 모두 함께 머리를 맞대면 틀림없이 풀 수 있을 거야."

개는 창문을 풀쩍 뛰어넘어 풀밭에서 풀을 뜯고 있던 말을 찾아갔어요.

"마을에 있는 숲의 면적이 16헥타르래."

"그럴 수도 있겠지. 하지만 그게 나랑 무슨 상관이람?"

말이 말했죠. 하지만 아이들이 지금 어떤 곤경에 처해 있는지 설명을 듣자 말도 크게 걱정하면서 이 문제의 해결책을 다른 동물들에게 물어보자는 데 동의했어요. 말은 마당으로 가 큰 소리로 세 번 히히힝 울고, 넓은 판자 위에 올라가 또각거리며 탭댄스를 추기 시작했어요. 넓은 판자에서 난 소리가 마치 북소리처럼 울려 퍼졌죠. 그걸 들은 모든 암탉과 젖소, 소, 거위 떼와 돼지, 오리, 고양이, 수탉 그리고 송아지 들이 무슨 일인지 궁금해 달려 나와서는, 집 앞에 세 줄로 반원을 그리며 모여 앉았어요. 개는 창가에 선 두 아이 사이에서 왜 친구들을 불러 모았는지 설명한 후 문제를 읽어주었어요.

"'마을에 있는 숲의 면적은 16헥타르입니다……'"

동물들은 저마다 조용히 생각에 잠겼고, 개는 이제 곧 해결될 테니 걱정 말라는 듯이 아이들을 향해 눈을 찡긋했어요. 하지만 얼마 지나지 않아 실망스러운 웅성거림이 동물 친구들 사이에서 새어 나왔어요. 가장 믿었던 오리마저 전혀 답을 찾지 못했고 거위들은 머리가 깨질 것 같다며 투덜거렸어요.

"이건 정말 너무 어렵잖아." 동물들이 말했어요. "우리가 풀 수 있는 문제가 아닌걸. 전혀 감도 못 잡겠어. 난 포기할래."

"그렇게 어려운 문제는 아닐 거야." 개가 다급하게 소리쳤어요. "곤경에 처한 우리 친구들을 못 본 체할 순 없어. 우리 다시 생각해보자."

"그럼 아무짝에도 쓸데없는 문제 때문에 두통을 앓는 건 뭐 좋은 일이야?"

돼지가 툴툴거렸어요.

"당연히 그러시겠지. 네가 아이들을 도와주고 싶을 리가 없잖아. 넌 언제나 아저씨 아줌마 편이니까."

말이 쏘아붙였어요.

"그렇지 않아! 나도 아이들 편이야. 하지만 이렇게 어려운 문제는 나로서는 도저히……"

"조용히 좀 해!"

동물들은 다시 한번 숲에 관한 문제의 답을 구하기 위해 고민을 시작했지만 결론은 처음과 같았어요. 거위들은 두통이 점점 더 심해졌고 젖소들은 슬슬 졸음이 쏟아졌어요. 말은 아이들을 도와주고 싶은 마음이 굴뚝같았지만 집중하지 못하고 고개를 좌우로 돌리며 주변을 두리번거렸죠. 풀밭 쪽을 바라보았는데, 작고 하얀 암탉 한 마리가 마당으로 뒤뚱거리며 오는 모습이 보였어요.

"그래, 서두르지 마라. 아까 소집 신호도 못 들은 거니?"

말이 물었어요.

"알을 낳고 있었어." 암탉이 무뚝뚝하게 대답했어요. "설마 알 낳는 걸 방해하려는 건 아닐 테지?"

이렇게 대답한 암탉은 다른 암탉들이 모여 있던 첫번째 줄 가운데에 앉아서 이 회의를 하는 이유에 대해 설명을 들었어요. 점점 희망을 잃어가고 있던 개는 암탉에게 문제를 알려줘 봤자 소용없을 거라고 생각했어요. 다른 모든 동물이 풀지 못한 문제를 이 작은 암탉이 해결할 수 있을 거라고는 전혀 생각하지 못한 거예요. 하지만 잠시 상의한 델핀과 마리네트는 암탉에 대한 존중의 의미에서 문제를 알려주기로 했어요. 개는 다시 설명을 시작했고, 한 번 더 문제를 큰 소리로 일러주었죠.

"'마을에 있는 숲의 면적은 16헥타르입니다……'"

"그렇군. 그런데 대체 뭐가 문제라는 건지 모르겠네. 내게는 너무 간단해 보이는걸."

개가 문제를 일러주자 작고 하얀 암탉이 말했어요.

아이들은 기대에 부풀어 기쁜 얼굴로 암탉을 바라보았어요. 그러나 다른 동물들은 그러지 않았어요. 그럴 리 없다는 표정으로 서로 바라보며 이렇게 말했죠.

"암탉이 답을 찾았을 리 없어. 괜히 관심을 끌고 싶어서 저러는 걸 거야. 재가 우리보다 나을 게 뭐야? 다들 그렇게 생각하지? 한낱 작은 암탉 주제에……"

"잠시만 조용히 하고 암탉의 얘기를 들어보자." 개가 말했어요. "조용히 해, 돼지야! 그리고 젖소들도 조용히 하고! 자, 이제 말해봐, 암탉아. 네가 알아낸 걸 말해줘."

"다시 말하지만 이건 아주 간단해." 작고 하얀 암탉이 대답했죠. "아무도 그걸 생각하지 못했다는 게 나는 더 놀라운 걸? 마을의 숲은 여기서 아주 가깝잖아. 떡갈나무, 너도밤나무, 자작나무의 숫자를 알 수 있는 유일한 방법은 직접 숲에 가서 세어보는 거지. 우리가 다 같이 하면 모두 세는 데 한 시간도 안 걸릴 거야."

"이럴 수가!"

개가 소리쳤어요

"이럴 수가!"

말이 소리쳤어요.

델핀과 마리네트는 암탉의 해결책에 감탄한 나머지 할 말을 잃었어요. 아이들은 창문을 뛰어넘어 마당으로 나와서는, 작고 하얀 암탉 옆에 무릎을 꿇고 앉아 등과 가슴에 난 깃털을 쓰다듬어주었어요. 암탉은 그렇게 대단한 일은 아니었다고 겸손하게 말했어요. 동물들도 앞다투어 암탉의 주위로 몰려와 칭찬하기에 바빴죠. 샘이 조금 많은 돼지까지도 감탄을 금할 수 없었답니다. "저 조그만 녀석이 이렇게 영리한 줄은 정말 몰랐는걸" 하고 돼지가 말했죠.

말과 개가 동물들의 칭찬 릴레이를 중단시키자 델핀과 마리네트, 뒤이어 집 안의 동물들이 모두 함께 집을 나서 길 건너 숲으로 향했어요. 숲에 도착해서 제일 먼저 한 일은 떡갈나무, 너도밤나무, 자작나무 구별법을 익히는 것이었어요. 그런 다음 동물 수만큼 숲의 구획을 나누어 동물들에게 할당했어요. 동물이 마흔두 마리였으므로 숲은 마흔두 개 구획으로 나뉘었죠(햇병아리, 새끼 거위, 새끼 고양이와 새끼 돼지는 빠졌어요. 새끼 동물들에게는 산딸기와 은방울꽃 개수를 세는 일이 주어졌답니다). 돼지는 자기 구역에 중요한 나무가 다른 곳보다 별로 없다며 투덜댔어요. 작고 하얀 암탉에게 할당된 구역을 자기가 맡았어야 한다며 툴툴거렸죠. 암탉이 말했어요.

"한심한 친구야, 내 땅이 뭐가 그렇게 탐이 나서 그러는지 모르겠지만, 사람들이 '돼지처럼 욕심 많은 동물'이라고 말하는 이유는 좀 알 것 같구나."

"이 한 줌도 안 되는 녀석이 뭐라고 쫑알대는 거야? 네가 지금 방법을 찾아냈다고 거들먹거리는 모양인데 다들 그 정도는 생각하고 있었다고."

"내가 언제 아니라고 하던? 마리네트! 내 구역을 이 친구에게 주고 나는 이 욕심쟁이한테서 최대한 멀리 떨어져 있는 구역으로 바꿔줘."

마리네트가 할당 구역을 두 동물이 원하는 대로 바꾸어 주고 나서야 일이 시작되었어요. 동물들이 숲에 있는 나무의 수를 세는 동안 아이들은 이곳저곳을 다니며 동물들이 찾은 나무의 수를 공책에 받아 적었어요.

"떡갈나무 스물두 그루, 너도밤나무 세 그루, 자작나무 열네 그루."

오리가 말했어요.

"떡갈나무 서른두 그루, 너도밤나무 열한 그루, 자작나무 열네 그루."

말이 말했어요.

아이들에게 지금까지 센 나무의 개수를 알려준 다음 동물들은 계속 나머지를 세었어요. 작업은 아주 빠르게 진행되었고 아무 사고 없이 순조롭게 이어지는 것 같았어요. 이제 4분의 1만 더 세면 끝날 터였어요. 오리와 말, 작고 하얀 암탉이 일을 막 끝냈는데 구석에서 다급하게 울부짖는 소리가 들려왔어요. 친구들을 부르는 돼지의 비명 소리였죠.

"도와줘! 델핀! 마리네트! 살려줘!"

아이들은 목소리를 따라 돼지가 있는 곳으로 달려가서 말과 거의 동시에 도착했어요. 네 다리를 덜덜 떨면서 간신히 몸을 지탱하고 있는 돼지 앞에는 커다란 수컷 멧돼지가 잔뜩 화가 오른 눈으로 돼지를 노려보고 있었지요. 멧돼지는 화가 난 목소리로 소리쳤어요.

"바보 같은 녀석, 이제 소리 다 질렀냐? 대낮에 왜 소리를 질러 죄 없는 우리를 다 깨워놓고 야단이야? 나한테 따끔한 맛을 좀 볼 테냐? 내가 너처럼 멍청했으면 어디 숨어서 숲에는 얼씬도 안 했을 거야. 야, 너희는 너희 굴로 당장 돌아가려무나."

멧돼지의 마지막 말은 10여 마리에 이르는 새끼 멧돼지들에게 하는 말이었어요. 새끼 멧돼지들은 돼지 주변에서 서로 떠밀며 놀고 있었어요. 심지어 돼지 다리 사이에까지 들어가 장난을 치고 있었답니다. 등에 밝은 줄무늬가 선명한 새끼 멧돼지들은 고양이 정도의 몸집에 작은 눈으로 웃고 있었어요. 이 새끼들이 없었더라면 돼지는 목숨이 남아나지 않았을지도 몰라요. 아빠 멧돼지가 돼지에게 달려들지 않은 것은 자칫 새끼들까지 다치게 될까 봐 참아서인 것 같았거든요.

"이 녀석들은 또 뭐야?" 돼지의 비명을 듣고 달려온 두 아이들을 보고 멧돼지가 소리쳤어요. "여기가 아무나 막 지나다니는 도로라도 되는 줄 알아? 자동차만 있으면 딱 맞겠구먼! 이거야 원, 어수선해서 살 수가 없네!"

멧돼지가 얼마나 심술궂게 말했던지 아이들도 무서워서 얼어붙은 채 미안하다고 더듬더듬 사과했어요. 하지만 이내 새끼 멧돼지들을 발견하고는, 무서운 아빠 멧돼지가 있다는 것도 금세 잊고 이렇게 귀여운 새끼들은 처음 보았다며 소리를 질렀어요. 그러고는 새끼들을 쓰다듬고 안아주면서 데리고 놀았어요. 자기들과 놀아주는 상대가 나타나자 새끼들은 너무 신이 나서 기분 좋게 꿀꿀거렸지요.

"어쩜 이렇게 예쁠 수가! 너무 귀여워! 진짜 순해!"

이 모습을 지켜보던 아빠 멧돼지도 화난 얼굴이 누그러졌어요. 새끼들처럼 웃는 눈으로 바뀌고 표정도 부드러워졌어요.

"마을에서 숲이 가깝긴 하지." 멧돼지가 인정했어요. "너희도 보다시피 우리 아가들이 아직 철이 없어서 걱정이 이만저만이 아니란다. 하지만 이 나이 땐 이게 당연한 거지. 내 아내는 아가들이 예뻐서 어쩔 줄 몰라 하는데 너희도 그러는 걸 보니 기분이 나쁘진 않구나. 그렇지만 솔직히, 나를 멍청하게 쳐다보고 있는 저 돼지에 대해서는 도저히 좋은 말이 나오지 않아. 생긴 게 우스꽝스럽기 짝이 없어. 어떻게 저렇게 못생길 수가 있지? 정말 정말 못생겼어."

여전히 두려움에 다리를 떨고 있던 돼지는 감히 반박할 엄두를 내지 못했지만, 그래도 자기가 멧돼지보다는 훨씬 잘생겼다고 믿었던지라 화가 나서 눈알을 굴렸어요. 멧돼지가 물었죠.

"그건 그렇고 얘들아, 너희는 왜 이 숲속까지 찾아온 거지?"

"우리 집에 있는 모든 동물 친구들과 함께 왔어. 숲에 있는 나무의 수를 세려고 말이야. 말이 너한테 설명해줄 거야. 우리는 하던 일을 마저 하러 가야 하거든."

델핀과 마리네트는 다시 한번 새끼 멧돼지들을 안아준 뒤 곧 다시 놀러 오겠다고 약속하고 자리를 떴어요.

"학교 선생님이 아이들에게 숙제로 내주신 문제인데 굉장히 어려워. 너도 한번 풀어볼래?"

말이 말했어요.

"무슨 말인지 이해를 못 하겠군. 미안하지만 나는 숲에서 조용하게 살아가고 있어. 밤이 아니면 숲을 벗어나는 일도 거의 없지. 마을에서의 일은 나로선 거의 이해할 수 없어."

멧돼지는 말을 멈추고 돼지를 한 번 힐끗 쳐다보더니 목소리를 높였어요.

"어쩜 저렇게 못생길 수가 있담! 도저히 적응이 안 된단 말이야. 저 분홍색 살갗은 진짜 흉측하기 짝이 없어. 어휴, 내가 말을 말아야지. 조금 전에도 말한 것처럼 나는 주로 밤에 움직이기 때문에 낮의 생활에 대해선 모르는 게 많아. 예를 들면, 학교 선생님이라는 게 뭐야? 그리고 문제라는 건 또 뭐지?"

말은 학교 선생님과 문제가 무엇인지 설명해주었어요. 멧돼지는 학교에 큰 관심을 보이면서 자기 새끼들을 학교에 보내지 못해 아쉬워했어요. 하지만 아이들의 엄마 아빠가 아이들을 그렇게 엄하게 대하는 건 이해할 수 없었어요.

"내가 오후 내내 우리 새끼들에게 문제만 풀게 하고 못

놀게 한다면 어떻게 될까? 아마 내 말을 듣지도 않을걸? 어디 그뿐이겠어? 애들 어미도 새끼들 편을 들며 내게 따지겠지. 그건 그렇다 치고, 도대체 어떤 문제인지 알려줘."

"잘 들어봐. '마을에 있는 숲의 면적은……'"

말이 문장을 다 읊어주자 멧돼지가 다람쥐를 불렀어요. 어디선가 나타난 다람쥐는 너도밤나무의 가장 낮은 나뭇가지 위로 뛰어내려 왔어요. 멧돼지가 다람쥐에게 말했어요.

"지금 당장 가서 숲에 떡갈나무, 너도밤나무, 자작나무가 얼마나 있는지 세어보고 내게 알려줘. 난 여기서 기다리고 있을게."

다람쥐는 나무를 타고 높은 가지 위로 사라졌어요. 다른 다람쥐들에게 도움을 요청하러 간 거죠. 멧돼지는 다람쥐가 15분 내로 답을 알려주러 돌아올 거라고 장담했어요. 그러면 델핀과 마리네트의 계산이 정확한지 비교해볼 수 있을 거라는 거죠. 새끼 멧돼지들에게 둘러싸여 꼼짝 못 하고 있던 돼지는 불현듯 자기 몫의 임무를 아직 완수하지 못했다는 사실을 깨달았어요. 하지만 어디까지 셌는지 잊어버렸기 때문에 처음부터 다시 해야만 했죠. 어떻게 해야 할지 몰라 주저하고 있을 때 오리와 작고 하얀 암탉이 다가오는 게 보였어요.

“벌써 지쳐버린 건 아니길 바라.” 작고 하얀 암탉이 돼지에게 말했어요. “하던 일을 내팽개치고 갈 거였으면 조금 전에 그렇게 잘난 척이나 하지 말지 그랬니? 오리랑 내가 네 일을 나눠서 해야 했잖아.”

돼지는 기분이 나빴지만 뭐라 할 말이 없었지요. 작고 하얀 암탉은 딱딱한 말투로 덧붙였어요.

“사과할 필요는 없어. 그렇다고 고마워할 필요도 없고.”

“그럼 그렇지. 저 녀석 이제 보니 모든 걸 다 갖췄는걸? 못생겼지, 분홍색이지, 게다가 게으르기까지!”

멧돼지가 말했죠.

새끼 멧돼지들은 이 새로운 방문객들을 둘러싸고 함께 놀고 싶어 했지만, 붙임성이라는 걸 모르는 작고 하얀 암탉은 자기를 그냥 놔두라고 부탁했어요. 그런데도 새끼 멧돼지들이 머리로 암탉을 밀고 암탉의 등에 발을 올리는 등 장난을 계속하자, 암탉은 근처 호두나무 가지 위로 날아 올라갔지요. 델핀과 마리네트, 뒤이어 다른 동물들도 돼지가 맡은 구역의 나무 숫자를 물어보기 위해 다시 이곳에 찾아왔어요. 하지만 숫자를 알려준 건 물론 돼지가 아니라 오리와 작고 하얀 암탉이었어요. 이제 세 종류의 나무 수를 모두 더하기만 하면 됐죠. 몇 분 후 델핀이 말했어요.

"마을 숲에는 3,918그루의 떡갈나무와 1,214그루의 너도밤나무, 그리고 1,302그루의 자작나무가 있어."

"내 생각과 일치하는군."

돼지가 말했어요.

델핀은 자기 일처럼 열심히 도와준 동물 친구들에게 고마움을 표하고, 특히 문제를 이해하고 해결책을 찾아준 작고 하얀 암탉에게 감사했어요. 처음엔 갑자기 몰려든 동물 무리에 놀라 움츠러들었던 새끼 멧돼지들도 거위들에게 다가가는 등 점점 대담해졌어요. 마음씨 고운 거위들이 기꺼이 새끼들과 함께 놀았어요. 그러자 델핀과 마리네트도 끼어들었고 곧이어 나머지 모든 동물과 아빠 멧돼지까지 목청껏 웃으며 함께 어울려 놀았어요. 마을의 숲이 이렇게 시끌벅적 흥겨웠던 적은 지금껏 한 번도 없었답니다.

"너희의 흥을 깨고 싶지는 않지만……" 얼마 후 개가 말했어요. "그렇지만 날이 저물어가고 있어. 곧 아줌마 아저씨가 밭에서 돌아오실 거야. 집에 아무도 없는 걸 아시면 기분이 안 좋아지실 거라구."

모두가 막 출발하려고 할 때 다람쥐 한 무리가 너도밤나무 가장 낮은 가지 위에 나타나더니, 그중 한 마리가 멧돼지에게 말했어요.

“마을 숲에는 3,918그루의 떡갈나무와 1,214그루의 너도밤나무, 그리고 1,302그루의 자작나무가 있어.”

다람쥐가 알려준 숫자는 아이들이 집계한 숫자와 정확히 일치했어요. 멧돼지가 기뻐하며 말했어요.

“너희의 계산이 정확하다는 증거야. 내일 선생님께서 너희에게 100점을 주실 거야. 너희가 학교에서 칭찬받을 때 나도 그 자리에 있다면 얼마나 좋을까. 학교가 어떤 곳인지 정말 궁금해.”

“그럼 내일 아침에 학교에 와.” 아이들이 제안했어요. “선생님은 좋은 분이셔. 너를 교실에 들어오도록 허락해주실 거야.”

“정말 그렇게 생각해? 좋아, 그럼 한번 생각해볼게.”

아이들이 떠난 후 멧돼지는 다음 날 학교에 가봐야겠다고 마음을 굳혔어요. 멧돼지만 선생님 앞에 혼자 어색한 이방인으로 남지 않도록, 개와 말도 학교에 같이 가주겠다고 약속했거든요.

밭에서 돌아오던 엄마 아빠는 마당에서 놀고 있는 델핀과 마리네트를 보곤 멀리서부터 소리쳤어요.

"문제는 다 풀고 놀고 있는 거니?"

"그럼요, 하지만 진짜 힘든 문제였어요."

아이들이 엄마 아빠를 맞으러 나가면서 말했어요.

"맞아요. 정말 힘들었어요." 돼지가 끼어들었어요. "자랑이 아니라, 숲속에서……"

마리네트가 돼지의 발을 밟으며 가까스로 돼지의 입을 막았어요. 엄마 아빠는 돼지를 힐끗 쳐다본 뒤 돼지가 점점 바보가 되어가는 것 같다고 투덜댔어요. 그런 다음 아이들에게 말했죠.

"문제를 풀기만 한다고 다가 아니다. 답이 맞아야지. 내일이 되면 답이 맞았는지 틀렸는지 알게 되겠지. 선생님이 몇 점을 주실지 두고 보자꾸나. 만약 너희 답이 틀린다면 그냥 그대로 넘어가지 않을 줄 알아라. 문제를 대충 풀어버리는 거야 쉬운 일 아니냐."

"우리가 얼마나 열심히 풀었는데 그러세요? 우리 답이 맞아요. 믿으셔도 돼요."

델핀이 장담했어요.

"더구나 다람쥐의 답도 우리랑 일치했다고요."

돼지가 소리쳤어요.

"다람쥐라고? 녀석이 단단히 미쳤구나. 저 이상한 표정은 또 뭐람! 자, 입 다물고 어서 우리 안으로 들어가!"

다음 날 아침, 학교에 등교하는 아이들을 맞으려고 나와 있던 선생님은 운동장에 말, 개, 돼지, 작고 하얀 암탉이 나타났는데도 별로 놀라지 않았어요. 주변 농가의 동물들이 학교 근처를 어슬렁거리는 건 흔한 일이었기 때문이죠. 하지만 숨어 있던 멧돼지가 울타리를 뚫고 들어왔을 땐 그저 놀란 정도가 아니라 무서워서 벌벌 떨었답니다. 만약 그때 델핀과 마리네트가 달려와 선생님을 안심시키지 않았더라면 살려달라고 소리를 질렀을 거예요.

"선생님, 겁내실 것 없어요. 우리가 아는 멧돼지예요. 아주 착한 친구예요."

"죄송해요, 선생님." 멧돼지가 다가오며 말했어요. "선생님을 놀라게 해드리려던 건 아니었어요. 친구들이 학교와 선생님의 수업에 대해 하도 좋은 얘기를 많이 들려줘서 저도 선생님 수업을 한번 듣고 싶었을 뿐이에요. 교실에서 저도 배울 게 많을 거라 생각했어요."

선생님은 멧돼지의 말에 기분이 좋아지긴 했지만 그래도 멧돼지를 교실에 들여도 괜찮을지 망설였어요. 다른 동물들도 선생님께 다가가 같은 부탁을 했어요.

"저와 제 친구들 모두 수업에 방해되지 않도록 얌전히 있을게요. 약속드려요."

멧돼지가 말했어요.

"그렇다면 좋아요." 선생님이 마침내 허락했어요. "여러분을 교실에 들여도 별문제는 없을 것 같군요. 그럼 모두 줄을 서도록 해요."

동물들은 교실 문 앞에 둘씩 줄을 서 있는 소녀들 뒤로 가서 똑같이 줄을 섰어요. 멧돼지 옆에는 돼지가, 작고 하얀 암탉 옆에는 말이, 그리고 제일 뒤에는 개가 섰어요. 선생님이 손뼉을 치자 동물 신입생들은 서로 밀치지 않고 조용조용 교실로 들어섰죠. 개, 멧돼지, 돼지는 소녀들 틈에 앉았지만 작고 하얀 암탉은 의자 등받이 위에 자리 잡았고, 책걸상에 비해 몸집이 너무 큰 말은 교실 뒤쪽에 그대로 서 있기로 했어요.

첫번째 수업은 쓰기 연습 시간이었어요. 그다음은 역사 수업이었죠. 선생님은 15세기 역사에 대해서 말씀해주었어요. 그중에서도 특히 루이 11세 왕에 대해 이야기해주었는데, 이 왕은 매우 잔인해서 자기에게 반항하는 사람들을 철제 새장에 가두었다고 해요.

"다행히 세상이 바뀌어서 지금은 더 이상 아무도 새장에 갇히지 않아요."

선생님이 말했어요. 선생님이 말을 마치자마자 작고 하얀 암탉이 자리에서 일어나더니 날개를 들어 발언권을 요청했어요. 암탉이 말했어요.

"선생님은 지금 우리 마을에서 어떤 일이 일어나고 있는지 제대로 모르시는 것 같네요. 진실은 말이죠, 15세기 이후 아무것도 달라지지 않았다는 거예요. 저로 말할 것 같으면, 닭장 안에 갇혀 있는 불쌍한 암탉들을 수도 없이 많이 봐왔는걸요. 새장에 생명을 가두는 풍습은 여전히 사라지지 않고 남아 있어요."

"세상에, 그럴 수가!"

멧돼지가 소리쳤어요.

선생님은 얼굴이 화끈거렸어요. 선생님도 닭 두 마리를 살찌우려고 닭장 안에 가두어둔 게 떠올랐거든요. 그래서 수업이 끝나면 닭들을 자유롭게 풀어주어야겠다고 속으로 생각했죠.

"만약 내가 왕이라면 아줌마 아저씨를 새장에 가둘 거야."

돼지가 소리쳤어요.

"안됐지만 네가 왕이 되는 일은 절대로 없을 거야. 그러기엔 너무 못생겼거든."

멧돼지가 말했어요.

"너와 정반대로 말하는 사람들도 있어." 돼지가 받아쳤어요. "어제저녁에만 해도 아줌마 아저씨가 나를 보시곤, '돼지가 점점 더 잘생겨지는군. 좀더 잘 보살펴야겠어'라고 말씀하셨다니까. 거짓말이 아니야. 얘들아, 내 말이 맞지? 너희도 그 말 들었지?"

델핀과 마리네트는 어리둥절했지만 돼지의 체면을 생각해서 엄마 아빠가 칭찬한 게 틀림없다고 인정해줄 수밖에 없었어요. 돼지는 우쭐해졌죠.

"아무리 그래도 너는 지금까지 내가 본 가장 못생긴 동물보다 더 못생겼어."

멧돼지가 주장을 굽히지 않았어요.

"그러고 보니 너는 네 자신이 어떻게 생겼는지 모르는 모양이다. 입 사이로 삐죽 솟아 나온 커다란 두 이빨이 얼마나 흉측해 보이는지 모르나 봐."

"뭐라고? 네까짓 게 건방지게 감히 내 외모를 평가하다니! 이 버르장머리 없는 녀석, 거기 기다려라. 남을 존중하는 법을 내가 가르쳐주지."

멧돼지가 자기 의자 위에서 펄쩍 뛰어오르자 돼지는 날카로운 비명을 꽥 지르더니 교실 안을 뱅글뱅글 돌며 도망쳤어요. 얼마나 무서워했는지 선생님을 밀치고 도망가는 바람에 선생님은 하마터면 바닥에 넘어질 뻔했어요.

"돼지 살려! 나 죽는다!"

돼지가 꿀꿀대며 책상 사이를 비집고 뛰어다니는 통에 책이며 공책, 펜과 잉크가 이리저리 흩어지고 바닥에 떨어져 뒹굴었어요. 돼지 뒤를 바짝 추격하는 멧돼지가 상황을 더욱 뒤죽박죽으로 만들었어요. 멧돼지는 돼지의 빵빵한 뱃가죽을 반으로 갈라주겠다며 으르렁댔어요. 선생님이 앉아 있던 의자 아래를 통과하면서 의자를 들어 올리는 바람에 선생님을 의자째 등에 업고 한동안을 달렸어요. 추격 속도가 잠시 느려진 틈을 타 델핀과 마리네트는 멧돼지를 진정시키려고 무진 애를 썼어요. 교실에서 소란 피우지 않고 얌전히 있겠다고 한 약속을 상기시키면서 말이에요. 개와 말의 도움으로 아이들이 가까스로 멧돼지를 진정시킬 수 있었어요.

“죄송해요, 선생님.” 멧돼지가 말했어요. “제가 좀 심하게 굴었어요. 하지만 돼지 녀석이 너무 못생겨서 도저히 봐줄 수가 없었어요.”

“너희 둘을 당장 교실 밖으로 내쫓고 싶지만 오늘 하루만은 참겠어요. 대신 둘 모두에게 품행 점수 0점을 줘야겠군요.”

그렇게 말한 다음 선생님은 칠판에 이렇게 썼어요.

멧돼지 : 품행 점수 0점

돼지 : 품행 점수 0점

0점을 받은 사실이 몹시 속상했던 멧돼지와 돼지는 0점을 지워달라고 사정사정했지만, 선생님은 꿈쩍도 안 했죠. 부탁을 들어줄 마음이 전혀 없었거든요.

“점수는 자기가 한 만큼 공정하게 받는 것이랍니다. 작고 하얀 암탉 100점, 개 100점, 말 100점. 자, 이제 산수 수업을 시작합시다. 어제 숙제로 내준 숲속 나무 문제를 어떻게 풀

었는지 봅시다. 이 문제의 답을 구한 학생 있나요?"

반에서 손을 든 학생은 델핀과 마리네트뿐이었어요. 델핀과 마리네트의 공책을 본 선생님은 입술을 삐죽였고 그 모습에 아이들은 마음이 불안해졌죠. 아이들의 답이 이상하다고 생각하는 것 같았거든요.

"잘 보세요, 여러분." 선생님이 칠판 앞으로 향하며 말했어요. "문장을 다시 읽어봅시다. '마을에 있는 숲의 면적은 16헥타르입니다……'"

문제를 어떻게 풀어야 하는지 학생들에게 설명한 다음 칠판에 직접 풀이를 하고는 이렇게 말했어요.

"숲에는 4,800그루의 떡갈나무, 3,200그루의 너도밤나무, 그리고 1,600그루의 자작나무가 있어요. 그러니까 델핀과 마리네트의 답은 틀렸어요. 좋은 점수를 줄 수가 없겠군요."

"잠시만요, 선생님!" 작고 하얀 암탉이 말했어요. "선생님께 정말 실망이에요. 답을 틀린 건 바로 선생님이라고요. 숲에는 3,918그루의 떡갈나무, 1,214그루의 너도밤나무, 그리고 1,302그루의 자작나무가 있는 게 확실해요. 아이들이 다 확인했는걸요."

"그건 말이 안 돼요. 자작나무가 너도밤나무보다 더 많을 수는 없어요. 문장을 논리적으로 다시 살펴봅시다……"

"중요한 건 논리가 아니에요. 숲에는 정말로 1,302그루의 자작나무가 있단 말이에요. 우리가 어제 오후 내내 숫자를 세어봤는걸요. 그렇지, 얘들아?"

"맞아요, 선생님."

개, 말, 돼지가 동시에 말했어요.

"저도 그 자리에 있었어요. 두 번이나 셌어요."

멧돼지가 거들었죠.

선생님이 문제에 나오는 마을의 숲은 실제 숲과 상관이 없다는 걸 동물들에게 이해시키려 애썼지만 작고 하얀 암탉은 화를 냈고, 다른 동물들도 슬슬 마음이 상하기 시작했어요.

"문장이 실제와 다르다면 문장 자체도 아무런 의미가 없는 거예요."

동물들이 말했어요. 선생님은 결국 동물들이 너무 멍청하다고 잘라 말했어요. 화가 잔뜩 난 선생님이 델핀과 마리네트에게 낙제점을 주려던 순간, 장학사 선생님이 교실에 들어왔어요. 맨 처음, 장학사 선생님은 교실에 말, 개, 암탉, 돼지 그리고 무엇보다 멧돼지까지 있는 걸 보고 깜짝 놀랐

어요.

“어쨌든 그건 그렇다 치고, 무슨 얘기를 하고 있었나요?”

장학사 선생님이 물었어요.

“장학사 선생님!” 작고 하얀 암탉이 말했어요. “그저께 선생님께서 아이들에게 문제를 하나 내셨거든요. 그 문제는 바로 이거예요. ‘마을에 있는 숲의 면적은 16헥타르입니다……’”

모든 이야기를 다 들은 후 장학사 선생님은 곧바로 작고 하얀 암탉의 말이 모두 옳다고 인정했어요. 델핀과 마리네트에게는 좋은 점수를 주도록 선생님께 요청했어요. 그뿐만 아니라 돼지와 멧돼지에게 준 품행 점수 0점도 지우라고 한 다음, “마을의 숲은 마을의 숲인 거죠. 거기에 다른 설명은 필요 없답니다”라고 덧붙였어요. 장학사 선생님은 동물들이 아주 기특하다며 하나하나 좋은 점수를 주었고, 특히 작고 하얀 암탉에게는 아주 논리적으로 설명한 능력을 칭찬하며 훈장을 주기까지 했어요.

델핀과 마리네트는 가벼운 마음으로 집에 갔어요. 아이들이 학교에서 아주 좋은 점수를 받아 오자 엄마 아빠는 매우 기뻐하며 딸들을 자랑스러워했어요(엄마 아빠는 개, 말,

작고 하얀 암탉이 받은 점수도 모두 두 딸이 받은 점수라고 믿었답니다). 그래서 아이들에게 상으로 새 필통을 사주었어요.

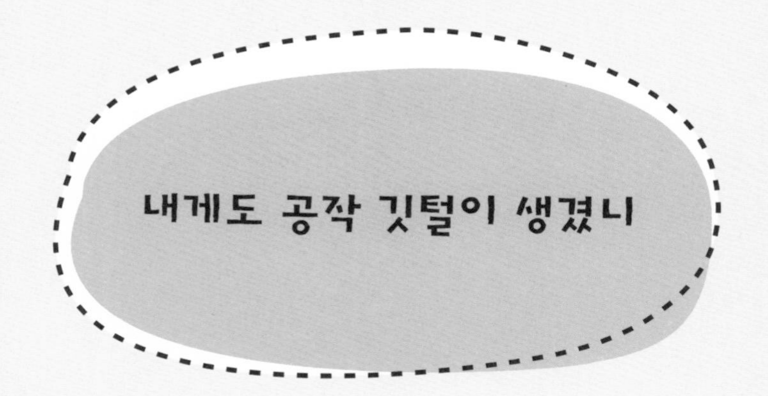

내게도 공작 깃털이 생겼니

어느 날 델핀과 마리네트는 엄마 아빠에게 더 이상 나막신을 신기 싫다고 말했어요. 사연은 이랬답니다. 델핀과 마리네트에게는 곧 열네 살이 되는 사촌 언니 플로라가 있었어요. 플로라는 도시에 사는데, 델핀과 마리네트의 집에 놀러 와서 일주일간 머물렀어요. 플로라는 똑똑해서 정해진 기간보다 한 달이나 먼저 학업을 마쳤기 때문에, 이를 기뻐한 플로라의 부모님이 딸에게 손목시계, 은반지 그리고 굽 높은 구두 한 켤레를 사주었어요. 게다가 플로라에게는 예쁜 드레스도 세 벌이나 있었어요. 하나는 금색 허리띠가 달린 분홍색 드레스였고, 다른 하나는 어깨 부분이 주름으로 한껏 부풀어 오른 초록색 드레스였어요. 나머지 하나는 얇은 모슬린 천으로 된 옷이었어요. 플로라는 외출할 때면 언제나 장갑을 끼고 나갔어요. 시간을 확인할 때는 팔을 크게 내두르며 시계를 보았고 언제나 옷과 모자, 고데기처럼 몸치장과 관련된 얘기만 늘어놓았답니다.

그래서 플로라가 떠나고 나서 하루는 아이들이 서로 팔꿈치로 찌르며 눈치를 보다가, 결국 델핀이 용기를 내 엄마 아빠에게 이렇게 말했어요.

"나막신은 생각보다 불편해요. 특히 발이 아파요. 그리고 안에 물도 잘 차고요. 하지만 구두는, 그중에서도 굽이 높은 구두는 물이 찰 염려가 훨씬 적어요. 그리고 무엇보다 보기에도 예뻐요."

"드레스도 마찬가지예요." 마리네트가 끼어들었어요. "일주일 내내 허름한 원피스에 앞치마만 걸치고 있는 것보다는 나들이용 드레스를 좀더 자주 꺼내 입는 게 좋을 것 같아요."

"머리만 해도 그래요." 이번에는 델핀이 말을 이었어요. "머리카락을 어깨에 그냥 내려뜨리는 것보다 말아 올리면 더 편할 거예요. 더 예쁘기도 하고요."

엄마 아빠는 크게 한 번 한숨을 내쉬더니 미간을 찌푸린 채 잠시 아이들을 바라보았어요. 그러고는 화난 목소리로 말했죠.

"너희가 말하는 걸 들어보니 아주 가관이구나! 나막신도 신지 않겠다, 나들이용 드레스를 꺼내 입겠다, 너희 지금 제정신이니? 한번 생각을 해봐라. 엄마 아빠가 매일 구두에 드레스를 입게 해준다고 치자. 그러면 구두하고 드레스가 며칠도 못 가 금방 너덜너덜해지고 깨끗한 옷과 신발은 하나도 남지 않을 텐데, 알프레드 삼촌 댁에 방문할 때는 그럼 뭘 신고 뭘 입을 거니? 그리고 참, 머리는 더 터무니없구나. 너희 나이에 올림머리라니! 한 번만 더 올림머리 같은 소리 하기만 해봐라……"

아이들은 더 이상 머리, 드레스, 구두 얘기를 엄마 아빠 앞에서 꺼낼 수가 없었어요. 하지만 등굣길이나 하굣길 혹은 딸기를 따러 숲에 갈 때처럼 단둘이 있을 때면 나막신 안에 돌멩이를 넣어서 굽 있는 신발처럼 높아 보이게 하거나, 입고 있던 원피스를 뒤집어서 다른 옷을 입은 척하기도 하고, 끈으로 머리를 높이 올려 묶곤 했어요. 그리고 그때마다 서로에게 이렇게 물어보곤 했어요.

"내 허리 날씬해 보여? 내 걸음걸이는 괜찮아? 내 코 좀 봐줘. 요즘 좀 길어진 것 같지 않아? 내 입술은? 내 치마는? 나한테 파란색보다 분홍색이 더 잘 어울린다고 생각해?"

방에서는 끊임없이 거울만 들여다보면서 어떻게 하면 더 예뻐질까, 예쁜 옷이 있다면 얼마나 좋을까 하는 생각만 했지요. 집에는 두 소녀가 아주 아끼는 흰 토끼가 있었는데, 심지어 하루는 이 토끼를 잡아먹으면 자기들도 그렇게 하얗고 예뻐질까 하는 얘기를 하기도 했어요. 그러다 그런 생각을 한 게 부끄러워져서 얼굴이 빨개지기도 했답니다.

그러던 어느 날 오후였어요. 아이들은 집 앞 울타리 그늘에 앉아 행주 끝을 접어 꿰매고 있었어요. 희고 살찐 거위 한 마리가 곁에서 아이들이 일하는 모습을 바라보고 있었죠. 대화와 지적인 오락을 좋아하는 침착한 거위였어요. 거위가 아이들에게 행주를 꿰매서 어디에 쓰는지, 바느질은 어떻게 하는지 물었어요.

"바느질이 참 재미있어 보여." 거위가 아이들에게 말했어요. "특히 행주 꿰매기는 더 흥미로운걸."

"고마워." 마리네트가 대답했어요. "그렇지만 나는 행주보다 드레스를 만들면 더 재미있을 것 같아. 아, 옷감만 있다면 좋을 텐데…… 연보라색 실크 3미터만 있다면…… 그러면 목이 둥글게 파이고 양쪽 끝에 주름을 잡은 드레스를 만들 수 있을 텐데……"

"나는 말이야," 델핀이 말했어요. "나는 목 부분이 V 자로 파인 빨간색 드레스를 만들 거야. 그리고 허리까지 흰 단추를 세 줄로 달 거야."

아이들의 얘기를 듣고도 거위는 고개를 저으며 중얼거렸어요.

"너희는 그런 걸 더 좋아하지만 그래도 나는 행주를 꿰매는 게 더 재미있을 것 같아."

마당에는 살찐 돼지가 종종거리며 한가로이 놀고 있었어요. 밭에 일하러 가느라 집을 나서던 엄마 아빠는 돼지를 보고 멈춰 서서는 이렇게 말했어요.

"녀석, 살이 토실토실 오르는군, 점점 더 멋져지고 있어."

"그렇게 생각하세요?" 돼지가 말했어요. "제가 잘생겼다고 말씀해주시니 기분이 좋네요. 저도 그렇게 생각하거든요."

돼지의 말에 약간 거북해진 엄마 아빠가 서둘러 밭으로 떠났어요. 두 분은 아이들 곁을 지나다, 아이들이 일을 열심히 하고 있다며 칭찬했어요. 아이들은 행주에 시선을 고정한 채 서로 아무 말도 하지 않고 바늘만 잡아당겼어요. 마치 바느질이 세상에서 가장 중요한 일이라도 되는 것처럼 말이에요. 그러나 엄마 아빠가 등을 돌리자마자 아이들은 또 다시 드레스와 모자, 에나멜 구두, 곱슬곱슬한 머리칼, 금시계 이야기를 시작했어요. 바늘은 조금 전보다 훨씬 느리게 헝겊 위를 오르내렸죠. 아이들은 의상실 놀이를 했어요. 마리네트가 입술을 오므리고 델핀에게 물었어요.

"부인, 이 멋진 의상은 어디에서 맞추신 거예요?"

거위는 아이들의 놀이를 이해하지 못했어요. 이런 대화에 약간 어리둥절해져서는 꾸벅꾸벅 졸기 시작했어요. 그때 할 일 없는 수탉이 마당 구석에 있다가 거위 쪽으로 다가와 멈춰 서더니 측은한 표정으로 바라보며 말했어요.

"널 마음 상하게 하고 싶지는 않지만 네 목이 정말 웃기게 생겼어."

"내 목이 우습다고? 대체 뭐가 우습다는 거야?"

거위가 화를 냈어요.

"그걸 몰라서 물어? 왜긴 왜야? 너무 길잖아! 내 목을 좀 봐……"

수탉을 찬찬히 바라보던 거위가 고개를 끄덕이며 말했

어요.

“그래, 그렇구나! 네 목은 나보다 훨씬 짧아. 지나치게 짧은걸! 결코 멋지다고는 못 하겠구나.”

“지나치게 짧다고?” 수탉이 소리쳤어요. “너 지금 내 목이 너무 짧다고 했니? 그래도 어쨌든 네 목보다는 내 목이 훨씬 멋져.”

“난 그렇게 생각하지 않아.” 거위가 대꾸했죠. “더 말할 필요도 없어. 네 목은 너무 짧아. 이상 끝!”

델핀과 마리네트가 드레스와 머리 모양에 정신 팔려 있지 않았다면 수탉이 몹시 화가 났다는 걸 바로 알아채고 사태를 정리하려 애썼을 거예요. 수탉은 히죽거리며 건방진 태도로 말했어요.

“물론 더 이상 말할 필요도 없다는 건 네 말이 맞아. 그런데 목 말고도 나는 너보다 모든 면에서 더 나아. 내 깃털은 푸른색, 검은색, 심지어 노란색까지 섞여 있지. 무엇보다 나는 꼬리에 굉장히 화려한 장식깃이 있어. 그런데 네 꼬리를 좀 보려무나. 아무것도 없잖아. 우습기 짝이 없어.”

“내가 아무리 자세히 너를 뜯어봐도 아무렇게나 헝클어진 깃털 다발밖에는 안 보이는데? 하나도 멋지지 않아. 네 머리 위에 달고 있는 그 붉은 볏만 해도 그래. 나처럼 고상한 동물한테는 그게 얼마나 천박해 보이는지 너는 상상도 못 할 거다."

이 말에 수탉은 너무도 화가 났어요. 풀쩍 날아올라 거위를 덮쳤어요. 그러고는 목청껏 소리쳤어요.

"다 늙어빠진 멍청이 같으니라고! 내가 너보다 백배 멋져! 알아듣겠어? 내가 너보다 훨씬 멋지다고!"

"천만에! 볼품없는 녀석아. 내가 제일 근사해!"

이 떠들썩한 소동에 놀란 아이들이 드레스에 대한 대화를 멈추고 싸움을 말리려 할 때 멀리서 싸움 소리를 들은 돼지가 한달음에 마당을 가로질러 와 수탉 옆에 멈춰 서더니 숨을 헐떡이며 말했어요.

"너희 둘 다 대체 왜들 그러는 거야? 정신이 잘못된 거 아니야? 잘 보라고. 가장 잘생긴 건 바로 나야!"

아이들뿐 아니라 수탉과 거위까지도 깔깔 웃음을 터뜨렸어요.

"도대체 왜 그렇게 웃는지 모르겠네." 돼지가 말했죠. "어쨌든 누가 가장 잘생겼는지 얘기하는 거라면 이젠 너희 모두 내 의견에 동의했으리라고 믿어."

"농담이겠지."

거위가 말했어요.

"가여운 돼지야, 네가 얼마나 우습게 생겼는지 네 모습을 한번 봐야 하는 건데……"

수탉이 거들었죠.

돼지는 안됐다는 듯 수탉과 거위를 보더니 한숨을 내쉬며 말했어요.

"이해해. 암, 이해하고말고. 너희 둘 다 지금 샘이 나서 그러는 거잖아. 하지만 나보다 잘생긴 동물을 본 적 있으면 나와봐. 잘 들어둬. 조금 전에 주인아저씨와 아줌마도 그런 말씀을 하셨어. 그러니까 이제 장난 그만 치고 진지하게 진실을 바라보렴. 내가 가장 잘생겼다는 걸 인정해야지."

동물들이 옥신각신 다투고 있을 때 울타리 바깥쪽 귀퉁이에서 공작새가 나타났어요. 그러자 그 순간 모두가 잠잠해졌죠. 공작새의 몸통은 온통 파란색이었고 날개는 금빛을 띤 적갈색이었어요. 그리고 땅에 길게 끌리는 초록색 꼬리에는 적갈색 테두리로 둘러싸인 푸르스름한 점이 잔뜩 박혀 있었어요. 머리 위에는 화려한 장식깃이 달려 있고 걸음걸이는 자신감이 넘쳤지요. 우아한 웃음소리를 낸 뒤 비스듬히 몸을 돌려 자신의 아름다움을 뽐내고는 아이들에게 다가와 이렇게 말하는 것이었어요.

"울타리 구석에서 아까부터 수탉과 거위 그리고 돼지가 다투는 걸 지켜봤는데 솔직히 정말 재미있더군요. 네, 정말 웃겨서 혼났지 뭐예요."

이렇게 말한 뒤 공작새는 잠시 말을 멈추고 조용히 큭큭거리더니 다시 말을 이어나갔어요.

"셋 중에 가장 잘생긴 동물 찾기라니…… 꽤나 심각한 문제군요. 돼지는 분홍빛의 통통한 몸으로도 당당하기만 하네요. 머리에는 퇴화된 날개같이 생긴 물건을 달고, 고슴도치 몸에 난 가시처럼 뻣뻣한 날개를 지닌 수탉도 맘에 들어요. 그리고 마음씨 착한 거위의 태도는 또 얼마나 친절이 넘치고 몸놀림은 또 얼마나 품위가 넘치는지…… 잠시만요, 잠깐만 좀 웃을게요…… 그런데 여러분, 우리 모두 진지해 집시다. 아가씨들이 한번 말해봐요. 완벽함과는 거리가 멀어도 한참 먼 동물들끼리 아름다움에 대해서 논하는 게 우습지 않나요? 말을 좀 삼가는 게 좋을 것 같은데요……"

돼지, 수탉, 거위는 물론이고 자기들도 포함되는 말 같아서 아이들은 얼굴이 빨개졌어요. 하지만 '아가씨'라는 호칭

이 마음에 들었기 때문에 공작새의 무례함을 비난하지 못했어요.

"그렇지만 말이에요, 진정한 아름다움이 뭔지 몰라서 그런 거라면 어느 정도 이해해줄 수는 있어요."

공작새가 덧붙였어요.

공작새는 모두가 자기를 잘 볼 수 있도록 우아한 몸짓으로 천천히 뱅그르르 돌았어요. 공작새의 아름다움에 넋이 나간 돼지와 수탉은 말을 잊은 채 눈을 동그랗게 뜨고 바라보았어요. 하지만 거위는 그다지 많이 놀란 것 같지 않았어요. 거위는 침착하게 말했죠.

"그렇군요. 당신의 외모는 나쁘지 않아요. 그렇지만 그 정도 아름다운 동물은 제 주위에도 있어요. 제가 잘 알고 지냈던 친구 중에 오리가 있었는데, 그 친구의 깃털은 당신 것만큼이나 아름다웠어요. 게다가 그 친구는 당신처럼 뽐내지도 않았죠. 물론 당신은 오리에게는 길바닥의 먼지를 쓸고 다닐 만큼 긴 꽁지깃도, 머리 위에 장식깃도 없지 않느냐고 말하겠지만요. 그런데 말이에요, 긴 꽁지깃과 장식깃이 없다고 해도 그 친구는 아쉬워하지 않았어요. 그런 거 없이도 아주 잘 살았으니까요. 저는 그런 장식이 필요하지 않아요. 제 머리 위에 붓 같은 걸 올려놓고 엉덩이에 1미터나 되는 긴 꽁지깃을 달고 다니는 게 상상이 되나요? 아니죠. 절대로 그럴 리 없어요. 웃기기만 할 테죠."

거위가 말하는 동안 공작새는 지루해서 하품이 나오는 걸 간신히 참았답니다. 거위가 말을 마친 뒤에도 굳이 반박하려 들지도 않았고요. 이미 수탉은 부끄러움도 없이 자기 꽁지깃과 공작새의 꽁지깃을 비교해보고는 말문이 막혀 숨을 1분이나 못 쉴 지경이었답니다. 공작새가 기다란 꽁지깃을 펼치자 몸통 주위로 마치 커다란 부채를 펼친 듯했어요. 당당하던 거위마저 눈이 부셔 감탄을 금치 못했어요. 황홀함에 젖은 돼지가 한 발짝 다가가 깃털을 좀더 가까이에서 보려고 하자 공작새가 뒤로 한 걸음 폴짝 물러났어요.

"부탁할게요. 제게 너무 가까이 다가오지 말아주세요. 저는 굉장히 높은 귀족 새예요. 아무나 제 몸을 함부로 만지는 건 불편해요."

"미안해요."

돼지가 머뭇거리며 사과했어요.

"천만에요. 이렇게 말하는 제가 미안하죠. 그런데요, 저처럼 아름다워지고 싶다면 그만큼 노력해야 한다는 걸 알려드리고 싶어요. 아름다워지는 것도 힘들고, 유지하는 것도 그만큼 힘든 일이랍니다."

"뭐라고요?" 돼지가 깜짝 놀라 물었어요. "그럼 당신도 처음부터 이렇게 아름다웠던 게 아니란 말이에요?"

"물론 아니죠. 처음 세상에 태어났을 때 저는 그냥 잔털이 보송보송한 병아리였어요. 언젠가 달라질 거라고는 꿈도 꿀 수 없을 정도였어요. 아주 천천히 조금씩 변하더니 지금 여러분이 보시는 이 모습이 된 거예요. 정성도 많이 쏟아야 했어요. 제가 뭐라도 하려 들면 항상 엄마가 제게 이렇게 말씀하셨어요. '지렁이는 먹지 마라. 머리 장식깃이 자라지 않는단다. 한 발로 뛰지 마라. 꽁지깃이 비뚤어진단다. 너무 많이 먹지 마라. 식사 중에 물을 마시지 마라. 웅덩이로 지나다니지 마라……' 엄마의 잔소리가 끝도 없었어요. 병아리들과 놀기는커녕 성 안에 살고 있는 다른 동물들과도 어울려 지내질 못했어요. 저는 저기 보이는 저 성에서 살거든요. 즐거울 일이 별로 없었지요. 성의 주인 마님이 저와 그레이하운드 개를 데리고 산책 나올 때를 빼면 저는 언제나 혼자였답니다. 그런 데다가 제가 어쩌다 즐거워 보이거나 뭔가 재미있는 일을 생각할 때면 엄마는 저를 향해 속상한

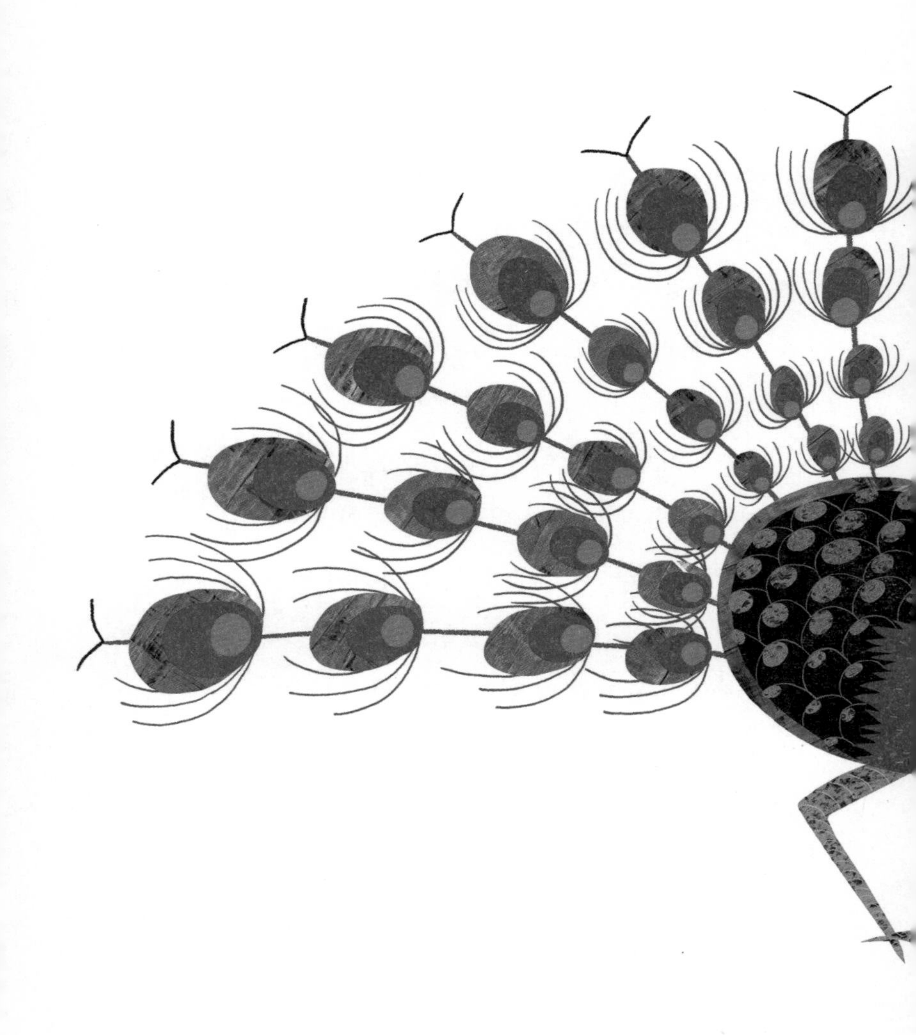

듯 야단치셨어요. '이 한심한 꼬맹이야, 너는 어쩌자고 품위 없이 깔깔대고 노는 것밖에 모르니? 네 걸음걸이와 머리 장식깃과 꽁지깃에서 저속함이 배어나는구나.' 엄마는 이런 말씀만 하셨어요. 사는 게 정말 재미가 없어요. 그리고 지금도, 여러분은 믿지 못하겠지만 저는 다이어트 중이에요. 살이 쪄도 안 되고 아름다운 빛깔도 유지해야 하기 때문에 아주 최소한으로 정해진 양만 먹고 운동해야 하죠. 아 참, 그리고 몸단장에 오랜 시간과 정성을 쏟아야 하는 건 물론이고요."

돼지의 부탁으로 공작새는 아름다워지기 위해 해야 하는 것들을 구체적으로 열거하기 시작했는데, 30분 동안 해도 전체의 반밖에 말하지 못할 정도로 많았어요. 공작새가 말하는 동안 다른 동물들도 하나둘씩 모여들어 공작새 주위를 둥그렇게 원 모양으로 둘러쌌어요. 맨 먼저 소들이 오고 그다음엔 양과 젖소, 고양이, 병아리, 당나귀, 말, 오리, 송아지 그리고 맨 마지막으로 생쥐 한 마리가 쪼르르 달려와 말의 양 발굽 사이에 자리 잡았답니다. 공작새를 더 자세히 보고 말을 더 잘 듣고 싶어서 동물들이 서로 밀쳤어요.

"밀지 마." 송아지, 당나귀, 양, 그 밖에 다른 동물들이 여기저기서 외쳤어요. "밀지 마!" "조용히 해!" "아야, 내 발을 밟았잖아!……" "덩치 큰 동물들은 뒤로 가줘…… 자, 자, 너무 딱 붙지 마. 좀 떨어져!" "조용히 해." "너 그러다 나한테 맞는다……"

"쉿!" 공작새가 말했어요. "좀 조용히 해주세요. 다시 말할게요. 아침에 일어나면 사과 씨 한 알을 먹고 맑은 물을 한 모금 마신다…… 제 말 이해하셨어요? 자, 그럼 따라 해보세요."

"사과 씨 한 알을 먹고 맑은 물을 한 모금 마신다."

모든 동물이 합창했어요.

델핀과 마리네트는 동물들과 함께 따라 말하지는 않았지만, 학교에서는 한 번도 지금처럼 집중해서 수업을 들은 적이 없었답니다.

다음 날 아침, 엄마 아빠는 놀라서 어안이 벙벙해졌어요. 놀라움은 외양간에서부터 시작됐죠. 보통 때와 다름없이 먹이통을 가득 채워주려 하자 말과 소가 서둘러 말했어요.

"아네요, 그냥 두세요. 그러실 필요 없어요. 대신 괜찮으시다면 사과 씨 한 알과 맑은 물 한 모금만 주세요."

"지금 뭐라고 했니? 무슨, 무슨 씨라고?"

"사과 씨요. 점심때까지 그거 하나면 돼요. 앞으로도 매일 그렇게만 주시면 돼요."

"그래, 너희에게 사과 씨 하나를 주마. 믿어도 좋아. 사과 씨 한 알이면 짐을 나르는 짐승한테는 알맞은 식량이고말고! 자, 헛소리 집어치우고 여기 건초, 귀리, 순무다. 어서 먹기나 해라!"

외양간에서 나온 엄마 아빠는 암탉과 다른 새들에게 사료 반죽을 먹이기 위해 마당으로 갔어요. 정말 맛 좋은 사료 반죽이었지만 어느 한 녀석도 맛보려 들지 않았어요.

"우리에게 필요한 건 사과 씨 한 알이랑 맑은 물 한 모금이에요." 수탉이 엄마 아빠에게 말했어요. "우리는 그것만 있으면 돼요."

"또 그 씨앗 타령이냐! 도대체 왜 모두 사과 씨만 먹겠다고 이 난리야? 수탉아, 어서 설명해봐라."

"아저씨 아줌마, 제가 머리에는 장식깃을 달고, 몸통 주변으로 부채처럼 넓게 펴지는 화려한 색깔의 꽁지깃을 달고서 마당을 우아하게 거닐면 보기 좋지 않겠어요?"

"천만에!" 엄마 아빠가 퉁명스럽게 대답했죠. "우리가 좋아하는 건 코코뱅*이야. 깃털은 요리에 아무 쓸모도 없어."

수탉은 돌아서서 다른 닭, 오리, 거위 들이 들을 수 있도록 큰 소리로 외쳤어요.

"아저씨 아줌마께 점잖게 말씀드려봤자 소용없어. 우리한테 어떻게 대답하시는지 다들 들었지?"

엄마 아빠는 수탉을 놔두고 돼지에게 먹이를 주러 갔어요. 하지만 으깬 감자 냄새를 맡자마자 돼지는 우리 안에서 꿀꿀 소리쳤어요.

"꿀꿀이죽은 도로 가져가세요! 제가 원하는 건 사과 씨 한 알과 맑은 물 한 모금뿐이에요."

"너도? 대체 왜들 그러는 거야?"

엄마 아빠가 물었어요.

"그야 물론 멋지고 날씬하고 화려해지고 싶으니까 그런 거죠. 제가 지나갈 때마다 모두 걸음을 멈추고 저를 돌아보면서 '정말 멋진 돼지인걸! 나도 저렇게 근사한 돼지처럼 되고 싶어'라고 말하면 얼마나 좋겠어요?"

"맙소사…… 돼지야, 멋지고 싶은 마음이 드는 건 당연

* coq au vin. 포도주에 조려 만든 닭찜 요리.

해. 하지만 바로 그렇기 때문에 지금의 네 멋진 모습을 유지하기 위해서 해야 할 일부터 해야 하지 않겠니? 멋진 돼지는 무엇보다 통통하게 살이 오른 돼지라는 걸 정말 모르겠니?"

"다른 돼지들에게나 그렇게 말씀하시죠. 대답해주세요. 주실 거예요, 말 거예요? 사과 씨하고 맑은 물 말이에요."

돼지가 재촉했어요.

"그게 뭐 어렵겠니? 생각해보마. 언젠가는……"

"'언젠가는'이라뇨! 싫어요. 지금 당장 주세요! 그리고 또 다른 것도 있어요. 매일 아침 저를 데리고 산책을 가주세요. 운동도 시켜주시고 제가 먹는 음식, 수면 시간, 제가 만나는 친구들, 걸음걸이 등, 그러니까 제가 하는 모든 것을 감시해주세요."

"잘 알았다. 네가 지금부터 10킬로그램 정도 더 찌고 나면 그때 네 말대로 해주겠어. 그 전에 일단 죽부터 먹어둬."

돼지 여물통을 가득 채워준 뒤 부엌으로 돌아온 엄마 아빠는 막 학교로 출발하려는 델핀과 마리네트를 보았어요.

"벌써 나가니? 하지만 너희는 아직 아침도 안 먹었잖아."

아이들은 얼굴이 붉게 달아올랐어요. 델핀이 우물쭈물

대답했어요.

"괜찮아요. 배가 안 고픈걸요. 아마 어제 저녁을 너무 많이 먹어서 그런가 봐요."

"신선한 공기를 마시면 좋아질 것 같아요."

마리네트가 거들었어요.

"흠…… 그것 참 이상하네. 아무튼 알았다. 어서 나가렴……"

엄마 아빠가 말했어요. 두 분이 식탁 위에서 반으로 쪼개진 사과 한 알을 발견한 건 아이들이 집에서 한참 멀어진 후였어요. 그 사과 안에는 씨 두 알이 사라지고 없었죠.

소와 말은 공작새가 추천해준 다이어트를 오랫동안 지속할 수가 없었어요. 소나 말의 위에 사과 씨 한 알은 거의 아무것도 없는 것이나 마찬가지였거든요. 소와 말은 아름다워지기를 포기하고 원래 먹던 음식을 다시 먹기 시작했답니다. 겨우 단 하루 만에 말이죠. 하지만 새 사육장 안의 동물들은 꽤 참을성이 있었어요. 며칠 동안은 닭과 오리, 거위가 이 새로운 생활에 적응한 듯 보였어요. 어찌나 멋 부리기에 골몰했던지 위에서 경련이 일어나는 것도 잊을 정도였어요. 암탉과 병아리, 수탉, 오리 그리고 거위까지 온통 머리 모양, 걸음걸이, 깃털 색깔 얘기만 했어요. 가장 젊은 새 몇몇은 몽상에 젖어, 자신들의 아름다움에 비해 생활이 너무 초라하다고 불평하곤 했답니다. 이들의 허황된 말을 듣고 있던 거위는 번쩍 정신이 들었어요. 그러고는 동료들을 향해 이렇게 외쳤어요.

"우리가 지금 힘들게 애쓰고 있는 이 고통스러운 다이어트가 이미 우리 중 몇몇의 정신을 흐려놓았어. 곧 우리 모두 제정신을 잃고 바보가 되고 말 거야."

힘든 단식으로 얻은 것이라곤 퀭한 눈, 윤기 잃은 깃털, 야윈 목 그리고 기운 없는 발뿐이었던 거예요. 일부 이성적인 닭과 오리 들은 거위의 말을 곧바로 이해했어요. 이 상황을 깨달을 때까지 조금 더 시간이 걸린 친구들도 있었답니다. 수탉은 사과 씨 다이어트의 열렬한 추종자였어요. 아직 어린 닭 한 무리가 수탉의 단호한 태도를 칭송하며 그의 편이 되었죠. 어느 날 오후, 수탉이 너무 배가 고파서 졸도하기 일보 직전에 이를 때까지 그들의 다이어트는 계속되었답니다. 그런데 수탉이 막 정신을 잃고 쓰러지려던 순간 엄마 아빠의 말소리가 들렸어요.

"아직 먹을 만한 살이 그나마 붙어 있을 때 저 녀석의 목을 비틀어야 해. 서둘러."

공포에 질린 수탉은 곧바로 몸을 일으켜 곡식 낱알과 사료 반죽을 먹으러 달려갔어요. 너무 한꺼번에 급하게 먹은 가여운 수탉은 그날 이후 며칠간 소화불량으로 큰 고생을 했어요. 수탉을 추종하던 어린 닭들도 마찬가지였죠.

보름이 지나자 모든 동물이 다이어트를 포기했고, 오직 돼지만 유일하게 계속하고 있었어요. 돼지가 하루 종일 먹은 식사량은 어린 닭의 하루 모이 정도밖에 안 되었어요. 그런데도 오랜 산책과 온갖 종류의 운동을 멈추지 않았어요. 불과 일주일 만에 몸무게가 13킬로그램이나 줄었어요. 더 많이 먹어야 한다고 다른 동물들이 아무리 설득해도 못 들은 척, 돼지는 친구들에게 오히려 이렇게 되묻는 것이었어요.

"내 모습이 어때?"

돼지의 모습이 몹시 측은해 보였던 동물들이 이렇게 대답했어요.

"너무 말랐어, 돼지야. 피부가 온통 쭈글쭈글 주름지고 처졌어. 너무 불쌍해 보여."

"그렇구나. 잘된 일이야." 돼지가 말했어요. "하지만 놀라

긴 아직 일러. 살을 더 빼고 말 거야."

돼지는 찡긋 윙크를 하더니 목소리를 낮춰 물었어요.

"그건 그렇고, 내 머리 위를 좀 봐줄래? 봤니?"

"뭘 말하는 거야?"

"머리 위로 나오고 있어? 장식깃 같은 거 말이야."

"아니, 아무것도 없어."

"그거 참 이상하네." 돼지가 말했어요. "그럼 꽁지깃은 어때? 보이니?"

"네 꼬리를 말하는 거야? 그렇다면 말이야, 네 꼬리는 그 어느 때보다도 와인 따개처럼 꼬불거려."

"정말 이상한 일이네. 내 운동량이 부족했나 봐…… 아니면 여전히 많이 먹나…… 좀더 신경 써야겠어. 걱정하지 마."

하루하루 날이 갈수록 점점 야위어가는 돼지를 바라보며 델핀과 마리네트는 예뻐지고 싶다는 생각이 거의 사라졌어요. 적어도 너무 심한 다이어트는 피해야겠다고 생각하게 됐죠. 엄마 아빠 눈을 피해 공작새가 알려준 대로 하던 다이어트는 이제 그만두었어요. 아이들이 마음을 돌리게 된 데에는 거위의 조언이 큰 역할을 했죠. 아이들이 허리 사이즈

와 빼고 싶은 몸무게에 대해 이야기하는 걸 들은 거위는 아이들에게 이렇게 말했어요.

"우리 가여운 돼지가 먹고 싶은 걸 참다가 지금 어떤 꼴이 됐는지 생각해봐. 너희도 돼지처럼 살이 축 늘어지고 예쁜 다리 대신 힘이 빠져 후들거리는 꼬챙이 다리를 갖고 싶은 거야? 그건 당연히 아닐 거야. 내 말을 믿어. 이건 정말 정신 나간 짓이야. 나를 봐. 나는 거위답게 잘생겼고 깃털도 훌륭해. 단언컨대 아름다움을 목숨과 바꿀 수는 없어. 행주를 감침질하는 게 등에 총천연색의 깃털을 갖게 되는 것보다 훨씬 나은 일이야."

"물론이지. 거위 네 말이 맞아."

아이들이 고개를 끄덕였어요.

어느 날이었어요. 체조를 마친 돼지가 우물가에서 쉬고 있었어요. 마침 우물 돌담 위에서 가르랑거리며 놀고 있던 고양이를 발견하곤, 머리를 보여주며 혹시 장식깃이 보이는지 물어봤어요. 돼지가 불쌍하기도 하고, 가까이 다가가서 자세히 살펴보기도 귀찮았던 고양이는 말했어요.

"가만, 뭔가 보이는 거 같은데? 확실하진 않지만 장식깃이 나올 조짐이 있는 것 같아."

“드디어 장식깃이 나온다!” 돼지가 소리쳤어요. “정말 너무 행복해…… 그럼 내 꽁지깃은 어때? 고양이야, 그것도 보이니?”

“꽁지깃? 맙소사…… 솔직히……”

“어떤데? 어떤데?”

돼지가 거의 숨이 넘어갈 것처럼 보여서 고양이는 이렇게 말했어요.

“솔직히 아직 깃털이라고까지는 못 하겠지만 그래도 꽤 멋진 빗자루 모양이긴 해. 그리고 계속 자라고 있는 것 같아.”

“당연히 그렇겠지. 아직 더 자라야 해.”

돼지가 고개를 끄덕였어요.

“그렇고말고.” 고양이가 맞장구쳤어요. “하지만 꽁지깃이 더 자라려면 많이 먹어야 해. 장식깃도 마찬가지야. 공작새의 다이어트는 처음 시작하는 데에는 훌륭한 방법이지만, 이제 장식깃과 꽁지깃이 나오는 단계에서는 영양 공급이 제일 중요하단다.”

“고양이 네 말이 맞는 것 같아. 그것까진 미처 생각하지 못했어.”

돼지가 말을 마치자마자 돼지는 우리로 달려가더니 그곳

에 있는 음식을 몽땅 먹어 치우고는 엄마에게 달려가서 먹을 걸 더 달라고 졸랐어요.

먹고 싶은 만큼 배부르게 먹고 나자 돼지는 목청껏 소리 지르며 마당을 껑충껑충 뛰어다녔어요.

"장식깃이 생겼다! 꽁지깃이 생겼다! 장식깃이 생겼다! 꽁지깃이 생겼다!"

다른 동물들이 그건 사실이 아니라고, 잘못 안 거라고 아무리 얘기해도 돼지는 자기를 시샘하거나 눈이 삐어서 그런 거라며 친구들을 비난했어요. 다음 날 돼지는 수탉과 한참 동안 대화를 나누었어요. 돼지의 고집에 두 손 든 수탉은 더 이상 설득을 포기하고 한숨을 내쉬며 고개를 저었어요.

"미쳤어! 완전히 미쳤다고!…… 돼지는 미쳤어!……"

다른 암탉, 거위, 오리도 돼지가 앞을 지날 때면 대놓고 조롱하거나 짓궂은 말을 내뱉었어요. 그러자 돼지는 장식깃이나 꽁지깃에 대한 말을 더 이상 하지 않았어요. 돼지가 마당을 가로지르는 모습을 보면 머리를 어찌나 한껏 뒤로 젖히고 으스대는지, 저 녀석이 혹시 뭘 잘못 먹어서 뼈가 목구멍에 걸렸나 싶을 정도였어요. 누군가가 우연히 돼지의 뒤를 따라가기라도 하면, 둘 사이의 간격이 충분히 벌어져 있는데도 급히 앞으로 후다닥 뛰어갔어요. 자기 꽁지깃이 밟히기라도 할까 봐 그런 거죠. 거위가 돼지를 가리키며 아이들에게 말했어요.

"외모에만 지나치게 신경 쓰면 어떻게 되는지 보이지? 돼지처럼 미쳐버리는 거란다."

거위의 말을 들으며 아이들은 사촌 언니 플로라가 이미 오래전부터 외모에만 신경 쓴 게 틀림없다며 안타까워했어요. 하지만 금발 머리 마리네트는 속으로 돼지가 조금은 멋지다고 생각했어요.

어느 맑은 날 아침, 돼지는 들판으로 긴 산책을 떠났어요. 그런데 돌아오는 길에 하늘이 흐려지더니 머리 위로 번개가 번쩍였어요. 그때 돼지는 자기 머리 위에서 장식깃이 바람에 흔들리는 걸 얼핏 본 것 같았어요. 이제 장식깃이 충분히 자라서 누구나 부러워할 만큼 멋져졌나 보다고 생각했죠. 하지만 비가 갑자기 너무 세차게 쏟아지는 바람에 나무 아래로 잠시 피했어요. 그러는 동안에 소중한 장식깃이 상하지 않도록 고개를 깊숙이 숙였어요.

바람이 잦아들고 빗방울이 약해지자 돼지는 다시 걸음을 옮겼어요. 집에 도착할 쯤에는 빗방울도 몇 방울씩만 떨어질 뿐이었고, 해도 구름 사이로 다시 모습을 드러냈지요. 델핀과 마리네트 그리고 엄마 아빠는 부엌 밖으로 나왔고 닭, 오리, 거위도 비를 피하려 숨어 있던 덤불숲에서 나왔어요. 돼지가 마당으로 들어서는 순간 아이들이 돼지 방향을 가리키며 소리쳤어요.

"무지개다! 와! 정말 아름다워!"

돼지도 고개를 돌려 뒤를 보고는 소리를 질렀어요. 자기 몸 뒤로 꼬리가 거대한 부채처럼 펼쳐져 있는 광경을 보았던 거예요. 돼지가 외쳤어요.

"이것 좀 봐요! 내 꼬리가 펼쳐졌어요!"

델핀과 마리네트는 슬프고 걱정스러운 눈으로 서로를 바라보았어요. 한편 다른 동물들은 고개를 끄덕거리며 자기들끼리 작은 소리로 속닥거렸어요.

"자, 장난은 그만하면 충분해! 네 우리로 들어가라. 시간 다 됐다."

엄마 아빠가 말했어요.

"들어가라고요?" 돼지가 물었어요. "제가 우리 안에 들어갈 수 없다는 걸 아시면서 그런 말을 하시다니요. 제 꼬리 날개가 너무 커서 마당 안으로 들어가기도 힘들단 말이에요. 마당 입구에 있는 두 나무 사이를 통과할 수가 없잖아요."

엄마 아빠의 인내심은 이제 한계에 이르러 아무래도 몽둥이찜질이라도 해야겠다고 말했어요. 그러자 아이들이 얼른 돼지에게 다가가 부드럽게 타일렀어요.

"꽁지깃을 접으면 되잖아. 그러면 쉽게 들어갈 수 있어."

"맞아! 그러면 되겠네!" 돼지가 말했어요. "나라면 끝까지 그런 생각을 못 했을 거야. 아직 습관이 안 들어서 그래……"

돼지는 등줄기가 움푹 파일 정도로 끙끙 힘을 주며 꼬리를 접으려고 애를 썼어요. 뒤에 떠 있던 무지개가 갑자기 녹아 사라지는가 싶더니 돼지의 몸 위에 총천연색으로 내려앉았어요. 그 빛깔이 어찌나 아름답고 선명한지 그 근처에 떨어져 있던 공작 깃털이 칙칙해 보일 정도였답니다.

작고 검은 수탉의 독립

들판을 가로질러 학교 가는 길에 델핀과 마리네트는 수풀 사이를 바쁜 걸음으로 걸어가는 작고 검은 수탉을 보았어요. 마리네트가 물었어요.

"어디 가니, 수탉아?"

"나 간다. 그냥 간다고. 수다 떨 시간 없어."

수탉은 고개를 돌려보지도 않은 채 말했어요. 수탉은 가슴 깃털을 부리로 콕콕 쪼면서 뭔가 좀 화난 듯 이글거리는 노란 눈을 하고 걸어가고 있었는데, 정말이지 대화할 생각이 전혀 없어 보였어요. 마리네트가 언니의 귀에 대고 속삭였어요.

"재는 뭘 믿고 저러는 거지? 별것도 아닌 조그만 수탉 주제에 말이야."

"항상 좀 거만하긴 했잖아. 그래도 버릇없다고 생각하지는 않았는데. 어제 오후 학교에서 네가 벌점 받은 걸 아는 게 분명해. 그래서 너한테 대답하고 싶지 않은 거야."

델핀이 말했어요.

"수탉이 모든 것을 다 안다면, 내가 벌점 받지 말아야 했다는 것도 알아야 하잖아."

아이들이 서로 이야기하는 사이, 수탉은 벌써 저만치 가서 둘에게는 빽빽한 수풀 사이로 붉은 점이 된 볏밖에 보이지 않았어요. 델핀이 수탉의 뒤를 쫓아가 앞을 막아섰어요.

"수탉아, 내 동생이 호기심이 많거든. 그렇게 멋진 깃털과 볏을 하고서 어디 가고 있는 거니?"

작고 검은 수탉은 멈춰 섰어요. 수탉은 깃털과 볏을 칭찬받아서 기분이 좋아졌어요. 수탉은 한 발을 곧게 뻗고 다른 한 발은 접은 채 가슴 깃털을 부풀렸어요.

"아! 얘들아, 난 멀리서 오는 길인데 갈 길이 멀어. 보다시피 이미 이 다리로 강도 건너왔단다!"

수탉의 뒤에 있던 마리네트는 말없이, 넌지시 알려주려는 듯 어깨를 으쓱하며 '수탉이 강을 건넜다는데, 뭐…… 근데 나는 매일 건너잖아' 하며 언니를 바라보았어요. 마리네트가 예의를 지키느라 아무 말도 하지 않는 동안 델핀이 다시 말을 이었어요.

"그런데 왜 그리 먼 길을 가는 거니, 수탉아?"

"얘기가 길어. 얘들아, 긴 이야기지(그러더니 수탉은 가슴 깃털을 한껏 더 부풀렸어요). 생각하니…… 아우! 정말 화가 나! 여우가 보름 동안 수시로 닭장 주변을 어슬렁거렸는데, 어젯밤이 세번째였어. 여우는 내가 잠귀가 좀 둔하다는 걸 알거든. 그걸 노렸던 거야. 하지만 걱정 마. 내가 여우를 계속 가만히 두진 않을 테니까. 그때 내가 잠이 깨지 않은 걸 다행으로 여겨야 할 거야."

마리네트는 터지는 웃음을 참을 수가 없었어요. 마리네트가 큰 소리로 말했어요.

"근데 수탉아, 그랬다면 여우가 널 잡아먹었을지도 몰라! 너는 너무 작잖아!"

그러자 수탉은 볏을 부르르 떨다 펄쩍 뛰어오르더니 뒤를 돌아보며 말했어요.

"너무 작다니? 천만에! 어디 두고 보자고! 중요한 건 단 한 가지야, 그건 바로 용기라고! 난 용기가 없지 않거든. 고맙게도 말이야! 어젯밤엔 여우가 내게서 도망쳤지만 난 이 새벽에 닭장을 나와서 숲으로 가는 길이지. 여우 녀석이 어디 있는지 찾아내 버릇을 단단히 고쳐놓고 말겠어!"

닭은 머리를 뒤로 젖혀 올리고 당당한 걸음으로 마당을 한 바퀴 빙 돌며 걷기 시작했어요. 수탉의 목소리가 상당히 멋져서 그의 연설은 아이들에게 깊은 인상을 심어주었어요. 마리네트가 더 이상 비웃지 않아서 수탉은 누그러졌어요. 이어 수탉이 말했어요.

"괜찮다면 나를 좀 도와줄 수 있니? 내가 맞게 가는지 확실하지가 않아서 그래. 풀들의 키가 너무 커서 앞이 잘 보이지가 않아."

델핀은 수탉을 안아서 들판이 다 보이도록 어깨 위에 올려주었어요. 하지만 아직 맘이 풀리지 않은 마리네트는 이렇게 말하지 않을 수 없었답니다.

"수탉아, 너는 네가 말하고 싶은 대로 말하겠지만, 어쨌든 크면 편리하거든."

"어쩌다 도움이 될 수는 있지. 하지만 보기엔 그리 멋지지 않은 건 인정해야 해."

수탉이 말했어요.

아이들은 별생각 없이 학교를 빼먹고 말았어요. 아이들이 이 일탈의 결과에 대해 생각했다면 분명 그렇게 하지 않았겠지요. 수탉은 앞서 걸으며 아이들에게 말했어요.

"내가 돌아오면 여우가 어떤 얼굴을 할지 보게 될 거야. 자, 잘 봐둬. 한동안 여우가 조심하도록 혼내줄 거야."

그러더니 그는 가장 커 보이는 미나리아재비 꽃 앞에 멈춰 섰어요. 이어 이글거리는 눈으로 깃털을 전부 세우고 짧은 날개를 푸드덕거리며 달려들더니 부리로 꽃송이를 쪼고 헤집어놓고 찢긴 꽃잎을 발로 밟아버렸어요. 델핀이 동생에게 소곤거렸어요.

"아무튼 여우의 입장이 되고 싶진 않아."

"미나리아재비 꽃이 되고 싶지 않다는 말이지."

마리네트도 대답했어요. 숲으로 다가갈수록 수탉은 점점 덜 다급해 보였어요. 거의 매 걸음 멈춰 서서 자신의 힘과 용기를 뽐내었죠.

"자 봐, 이 데이지 꽃도, 아까 그 미나리아재비 꽃이랑 마찬가지야…… 저 수레국화 꽃도."

"그래, 알았다고. 근데 여우는?"

결국 아이들이 계속 갈 길을 재촉하자, 수탉은 슬쩍 피하려 했어요.

“너희한테 말해야 했는데, 너희가 학교를 결석하게 해서 정말 미안해. 배움이란 너무 소중해서 어느 것도 놓쳐서는 안 되거든. 그래도 내가 제일 분별 있는 것 같군. 사실 여우 문제는 아깝지만, 뭐. 여우는 내가 다른 날 혼내주기로 할게. 우선 너희를 학교에 데려다줘야겠어.”

그러자 마리네트가 반대했어요.

“아, 아냐. 지금 수업을 가기엔 너무 늦었어. 그 생각을 좀 더 일찍 했어야지. 그리고 네 도움 없이도 학교 가는 길은 잘 알아. 자, 어서 숲으로 가자. 안 그러면 네가 무서워한다고 생각할 거야.”

수탉은 매우 곤란했지만 물러서기엔 너무 늦었죠. 아무리 생각해도 그 작은 머리로는 어떤 변명거리도 찾을 수 없었어요. 갑작스럽게 물러서서 돌아갈 만한 핑겟거리가 전혀 떠오르지 않았지요.

“좋아, 알겠어. 더 이상 이야기하지 말자. 나는 분명 충고했으니까 너희 좋을 대로 해.”

그런데 숲 기슭에 다다르자, 수탉은 더 이상 앞으로 나가지 않기로 결심하고 멈춰 섰어요.

"얘들아, 알겠니? 내가 왔다는 사실이 여우에게 알려지는 날엔 여우가 덫을 놓아 나를 잡으려 할 거야. 나는 싸울 태세도 잡아보지 못하고 그의 발에 처박힐 정도로 멍청하지 않아. 여기 망보기 좋은 아카시아나무가 있네. 내가 여우가 도망가려 들지 않는지 숲 기슭을 엿보는 동안, 너희는 덤불숲으로 가서 살펴보도록 해. 운이 나빠서 오늘 아침 기회를 놓치면 뭐, 다음에 해야겠지."

델핀의 도움으로 수탉은 나무에 기어올랐고 아이들은 숲 속으로 들어갔어요. 그런데 5분도 채 되지 않아 아이들이 그만 멈춰 섰어요. 살살 녹는 작고 빨간 산딸기가 주렁주렁 열린 산딸기나무가 눈앞에 나타난 거예요. 두 아이는 너무 정신없이 딸기를 따 먹느라 여우가 다가오는 소리도 듣지 못했어요.

"오, 오! 너희 학교를 빼먹은 모양이구나!"

여우는 아이들에게 인사를 건네며 말했어요. 델핀은 얼굴이 빨개졌지만 이윽고 여우가 상냥한 미소를 띠며 말했어요.

"무엇보다 앞치마를 더럽히지 않게 조심해야지. 부모님은 의심이 많으셔서, 딸들이 학교에 가다가 딸기나무에 열린 딸기를 따 먹느라 더럽혔다고 말해도 곧이 믿지 않으신단 말이야."

아이들은 웃기 시작했어요. 아이들은 여우와 금세 친해졌어요.

"우리 귀여운 이쁜이들 이름이 뭐니?"

"나는 델핀이고, 여기는 내 동생 마리네트야."

"마리네트는 머리가 샛노랗구나. 델핀은 눈이 정말 큰걸…… 예쁜 아이들이네. 난 벌써 너희 둘 다 마음에 들어."

"넌 참 솔직하구나. 여우야."

그러는 동안, 여우는 생글거리며 웃음 짓던 눈을 깜박이면서 코를 킁킁거렸어요.

"흠흠, 여기서 맛있는 냄새가 나는걸…… 잘은 모르겠지만 내가 보기에……"

"산딸기 냄새야. 너도 좀 맛볼래? 잘 익은 산딸기가 나한테 좀 있어. 자."

마리네트가 말했어요.

여우가 고맙다고 말했어요. 어찌나 호의를 가지고 착하게 구는지, 아이들이 숲 기슭 쪽으로 떠나려는 여우에게 소리치고 말았어요.

"특히 그쪽으로는 가지 마! 수탉이 숲 입구에서 지키고 있단 말이야. 네 버릇을 고쳐주겠다고 했는데."

"허! 내 버릇을 고쳐주겠다고? 뭔가 오해가 있나 보네. 왜냐하면 나는 수탉을 항상 친한 친구로 생각했거든. 잠깐 조용히 대화를 나눠보면 수탉도 화가 풀리겠지. 그럼 좀 이따 우리가 화해할 때 부를게. 같이 있어줘. 너희는 기다리는 동안 눈치 보지 말고 산딸기를 먹고 있어. 새들이 먹을 것은 늘 충분히 남아 있으니까."

여우는 숲의 입구 쪽으로 급히 사라졌어요. 아이들은 여우의 위풍당당함과 근사한 털에 감탄하면서 손을 흔들어 인사했어요. 그러고는 산딸기를 다시 따기 시작했어요. 여우가 암탉이든 수탉이든 닭고기를 탐하는 것 못지않게 아이들은 산딸기를 무척 좋아하니까요.

여우는 아카시아나무 아래에 앉아 있었어요. 여우는 높은 나뭇가지 위에 앉아 있는 수탉을 바라보며 잡아먹으려 들었어요. 그런데 놀랍게도 여우는 수탉을 먹고 싶다는 마음을 전혀 감추지 않고 오히려 떠벌렸어요.

"너 혹시 모르니? 어제저녁 내가 농장 창문 아래로 지나가다 들었는데, 주인이 점심 식사로 너를 포도주 소스에 조려서 대접할 거라고 하던데.”

여우가 수탉에게 말했어요.

“더 이상 말하지 마. 소름 돋잖아. 그럼 너는 내가 어떻게 해야 할지 알고 있니?”

“나무에서 내려와봐. 내가 널 잡아먹는 거야. 그럼 주인은 엄청 실망하겠지.”

여우는 길고 뾰족한 이를 드러내고 웃어 보이며, 군침이 도는 듯 주둥이를 핥고 혀를 널름거렸어요. 하지만 수탉은 내려오지 않았어요. 수탉은 여우에게 먹히느니 주인님께 먹히는 게 낫다고 말했어요.

“네가 원하는 대로 해. 하지만 나라면 자연사하는 편이 낫겠어.”

“자연사?”

“그래, 말하자면 주인님께 먹히는 거 말이야.”

“이런 멍청이! 자연사는 절대 그런 게 아니지!”

“여우야, 넌 네가 무슨 말하는 건지도 모르고 말하는구나. 주인님은 언젠가 우릴 잡아먹게 되어 있어. 그건 당연한 이치란다. 그걸 피해갈 수는 없어. 그렇게 거들먹거리며 잘난척하는 칠면조도 다른 친구들처럼 다 죽게 되어 있다고. 사람들은 칠면조를 밤이랑 쪄서 먹잖아."

"그런데 말이야 수탉아, 주인이 너를 잡아먹지 않는다고 가정해보면 어떨까?"

"만약이란 없어. 그건 불가능하니까. 예외는 없다고. 결국 우린 냄비 속으로 들어가게 되어 있어."

"그래, 결국엔 그렇긴 하지만, 그래도 생각해봐…… 잠깐이라도 만약을 생각해보라고……"

수탉은 애써 진지하게 상상해보았는데, 그러다가 나뭇가지에서 흔들거렸어요.

"그러면 우리가 더 이상 죽지 않을지도 모르겠네. 그저 자동차만 조심하면 되고. 늘 걱정 없이 오래 살 수 있다는 거네."

수탉이 중얼거렸어요.

"그래, 맞아. 수탉아. 계속 살 수 있단 말이지. 내가 너한테 알려주고 싶은 게 바로 그거야. 말해봐. 잠에서 깰 때, 낮 동안 혹시 무사히 보낼 수나 있을지 불안해하지 않고 네가 무사태평하게 오래 사는 걸 방해하는 게 누구니?"

"가만있자, 그러니까 말하자면……"

여우는 말을 가로막으며 조급한 목소리로 소리쳤어요.

"음, 그래. 너는 또 주인에 대한 이야기를 할 테지. 당연하지…… 그런데 만약 네게 주인이 없다면?"

"주인님이 없다고?"

수탉은 깜짝 놀라 부리를 다물지 못했어요.

"주인이 없이도 잘 살 수 있어. 최고의 세상이야. 맹세할 수 있어. 거의 300년을 살아온 나지만(300년이라고 말하지만 이것은 사실이 아니었어요. 겨우 열두 살이었거든요) 자유롭게 지낸 것을 단 한 번도 후회한 적 없단다. 어떻게 후회할 수 있지? 만약 너처럼 주인이 있었다면 벌써 오래전에 잡아먹혔을 거야. 어렸을 적에 일찌감치 피를 흘렸을 테고 그렇다면 지금처럼 300살을 누리는 기쁨도 없었겠지. 말이 났으니 말인데, 정말이지 추억이 많아. 내가 좀 시시해 보여도 너에게 해줄 이야기가 무궁무진, 정말 많거든."

나무줄기에 머리를 비비며 이야기를 듣고 있던 수탉은 당황스러웠어요. 살면서 이렇게 진지하게 깊이 생각해본 적이 없었거든요.

"주인님 없는 삶은 분명 좋을 거야. 그런데 내가 진짜 그런 삶을 살 만한지 아닌지 생각해보게 되는걸. 주인님들은 물론 잘못을 많이 하지. 지금 생각해보니, 닭구이를 해 먹는 건 정말 원망스럽긴 해! 그래, 맞아! 그들이 원망스러워! 하지만 우리가 살아 있는 짧은 기간 동안에는 우리와 잘 지냈어. 우리가 아무 부족함 없이 지냈다는 건 인정해야 해. 맛있는 사료에, 맛있는 모이에, 또 잠자리까지. 내가 먹이를 찾아 숲을 헤맨다고 생각해봐. 네가 보고 있는 지금 같은 수북한 가슴 깃털은 없었을 거야…… 이 커다란 숲에서 닭이라고는 오직 나 혼자라 심심하겠다는 생각은 둘째 치고라도 말이지……"

"저런, 세상에! 음식 걱정을 하고 있는 거야! 고개를 숙이기만 하면 맛있는 지렁이가 한가득이고, 나무에는 열매가 넘쳐나고. 야생 귀리가 많은 곳도 난 잘 아는데, 너는 거기서 주워 먹기 실력을 실컷 발휘할 수 있을 거야. 먹거리는 괜찮아! 아무것도 아니야. 난 차라리 네가 외로워할까 염려되긴 하는데. 하지만 내게 아주 간단한 해결책이 있어. 뭐냐면, 마을의 모든 닭이 너와 같은 결정을 하도록 걔네들을 결심시키는 거야. 너라면 쉽게 할 수 있을 거야. 우선 이유가 분명하니까 닭들의 관심을 끌게 될 거고, 네 유창한 웅변술이 나머지는 알아서 잘 해줄 거야. 네 종족들을 더 나은 삶으로 안내한다면 네가 얼마나 멋지겠니! 대단한 영광일 거야! 푸른 초원과 태양 아래서 걱정을 벗어나 구속 없는 삶을 산다는 것이 너희에게 얼마나 큰 해방감을 줄까!"

여우는 자유가 주는 즐거움과 드넓은 숲의 매력에 대해 과장해서 말하기 시작했어요. 여우는 또 숲에 사는 동물들에게는 잘 알려져 있지만 농장의 닭장까지는 아직 전해지지 않은 재미있는 이야기 몇 가지를 들려주었지요. 수탉은 그 이야기에 웃음을 터뜨렸는데, 한 발로 선 채 다른 한 발로 가슴 깃털을 누르려다 그만 균형을 잃고 아카시아나무 아래로 떨어지고 말았어요. 여우는 수탉을 잡아먹고 싶어 입안에 흥건히 침이 고였지만, 수탉을 해치지 않고 일으켜 주었어요.

"그러니까 너 나 안 잡아먹을 거지?"

수탉이 떨리는 목소리로 물었어요.

"너를 먹는다고? 농담이겠지! 그러고 싶은 맘은 조금도 없어."

"그렇지만……"

"맞아, 너희 중 어떤 친구를 잡아먹는 일이 종종 있었지. 하지만 그건 냄비 안에서 닭찜이 될 운명의 불미스러운 죽음에서 친구를 지켜주기 위해서였어. 맹세컨대 진심으로 원해서가 아니었어.”

“우리가 오해했구나! 그렇지만 믿을 수 없는걸!”

“네가 나한테 잡아먹어달라고 간청한대도 나는 너를 먹을 수 없을 거야. 마음에 걸려서 소화도 안 될걸. 생각하면 할수록 네가 너의 친구들 사이에서 이 중대한 역할을 수행하도록 정해졌다는 확신이 점점 더 들어. 넌 필요한 모든 자질을 갖췄어. 봐, 너의 근사한 황금색 눈빛을 보면 알 수 있어. 고결한 마음, 단호하고 신중한 의지, 너의 사소한 말들에서도 드러나는 매력적이고 예리한 판단력!”

“으흠, 허” 하고 수탉은 고개를 가볍게 으쓱댔어요.

“네가 생각하는 것 모두를 나한테 말하지 않는 건 당연하겠지만, 앞서 세워둔 계획이 아무것도 없다면 그거야말로 진짜 놀랄 일인데.”

“물론, 계획이 있지. 당연하지! 그런데 내게 걱정이 하나 있단 말이야. 숲에서 산다는 건 정말 위험하다는 거. 그게 걱정돼. 왜냐하면 네가 우리에게 보여주는 우정과 같은 감정을 족제비나 담비도 느낄 수 있으리라 감히 생각할 수 없잖아. 아! 물론 나는 용감해. 근데 나와 가까운 친구들 가운데 나와 생각이 비슷한 친구들도 있지만 자신을 지킬 만한 이빨도 없고 도망갈 날개도 없으니까."

그러자 여우는 고개를 끄덕이며 큰 한숨을 내쉬었어요. 가장 친한 친구의 걱정을 그 정도로 모르고 있었다는 것에 우울했어요.

"똑똑한 닭이 가축 생활로 길들여져서 이렇게 되었다니, 믿기지 않는군…… 너희 주인은 생각했던 것보다 더 책임이 커. 불쌍한 친구야. 너는 이빨도, 날개도 없다고 불평하지만 어떻게 안 그럴 수 있겠니? 주인은 너희에게 날개가 생기기 전에 없애버리잖아. 물론 그들은 자신이 한 짓을 잘 알지. 악당들 같으니라고! 하지만 걱정하지 마. 이빨은 다시 곧 돋을 거야. 족제비도 담비도 걱정할 필요가 없을 만큼 뾰족한 이빨이 날 테니 걱정할 필요 없어. 그동안 내가 너희를 지켜줄게. 처음에는 조심해야 할 점이 몇 가지 있겠지만 이빨이 돋으면 너희는 더 이상 무서울 게 없을 거야."

여우를 한참 기다리다, 여우와 수탉의 대화가 너무 길어진다고 생각한 델핀과 마리네트는 숲을 나가보기로 했어요. 대화가 어떻게 되어가는지 너무 걱정되었거든요. 수탉이 염려된 델핀은 여우에게 수탉이 있다고 알려준 걸 후회하고 있었어요. 그런데 아카시아나무 근처에 도착하자 아이들은 안심했어요. 여우와 수탉이 정답게 이야기하고 있었거든요.

"얘들아, 여우랑 내가 지금 미루면 안 될 중요한 문제에 대해 이야기 중이니까 가서 놀고 있어. 때가 되면 부모님께 데려다줄게."

마리네트는 별것도 아닌 수탉이 이런 말투로 말하는 게 맘에 들지 않았고 델핀도 기분이 좋지 않아 보였어요. 여우는 수탉과 아이들 사이를 다독거려줄 필요가 있다고 보고, 불쾌한 기분을 풀어주려 했어요.

"수탉아, 내 생각엔 오히려 델핀과 마리네트가 같이 있는 게 방해가 되지 않을 거 같아. 이 문제가 중요한 건 사실이지만 너희도 우리에게 도움이 되는 의견을 줄 수 있을 거야. 우리 이 친구가 말이야, 고심 끝에 나한테 대단한 계획을 하나 알려줬거든. 너희도 도와줘야 할 거야. 틀림없어."

여우는 계속해서 수탉의 계획을 치켜세우는 감동 어린 연설로 아이들에게 그 사실을 알려주었어요. 눈에 눈물이 한껏 맺힌 델핀은 잔인한 주인들의 변덕에 희생당하는 닭들의 처절한 운명을 가엽게 여겼지요. 그래서 델핀은 수탉이 숲속으로 떠나는 것을 기꺼이 수락했어요. 마리네트는 마음속으로는 찬성하면서도, 좀 전에 자신들을 떼어놓으려 했던 수탉에게 가혹하게 한마디 했어요.

"아주 좋은 생각이야. 그런데 난 닭고기를 아주 좋아하거든. 너희 모두 닭장에서 떠난다면 우리는 더 이상 먹을 게 없잖아."

이 말에 수탉은 무척 화가 났어요. 수탉은 마리네트에게 걸어가 화난 목소리로 말했어요.

"당연히 너희는 더 이상 닭고기를 못 먹게 되겠지! 너희는 닭들이 뭐 아무 생각 없는 주인들의 밥이나 되려고 이 세상에 태어났다고 생각하는 거니? 너희 메뉴에서 닭고기는 사라져야 해! 그리고 너희가 우리에게 한 잘못을 우리가 잊으리라고 절대 생각하지 마. 닭들에게 이빨이 생기면 아마도 너희는 예전에 우리를 학대했던 걸 후회하게 될 거야."

수탉의 기세가 위협적이었기 때문에 마리네트는 약간 겁이 났지만, 아무 내색도 없이 떨지 않고 태연한 척 대답했어요.

"너희가 언제나 이빨을 갖게 될지 모르겠네. 뭐 그럴 수도. 아무튼 난 오븐에서 노랗게 잘 구워진 닭이 얼마나 맛있는지 이야기한 거야. 게다가 코코뱅을 먹어본 적이 있는데,

나쁘지 않았던 기억이 나."

델핀은 조심하라는 듯 마리네트를 팔꿈치로 쳤어요. 수탉이 분노로 마구 몸을 떠는 게 보였거든요. 여우는 수탉이 마리네트에게 달려들지 못하게 수탉을 붙잡아야 했어요.

"얘들아, 진정하자. 수탉아. 진정하자고! 장담하는데, 얘들은 우리의 믿음을 후회하지 않게 할 거고 우리를 배신해서 부모님에게 일러바치러 가지도 않을 거야."

"우리를 배신한다고? 정말 너무하는군! 그런 소리 들리기만 하면 내가 얘네 둘을 잡아먹고 말 거야!"

그러자 아이들은 어깨를 으쓱했어요. 수탉은 부리로 아이들의 다리를 쫄 수는 있었죠. 하지만 아이들을 잡아먹기에 수탉은 너무 작았고, 아이들도 그 사실을 알고 있었어요.

여우는 일장 연설을 할 수 있는 순간이 왔음을 알아채고는, 잘 속아 넘어가는 이 세 녀석들의 신뢰를 얻기 위해 천진난만한 아이의 얼굴로 다시 말하기 시작했어요.

"저런, 우리 중에 분별 있는 녀석이 한 명도 없네. 그렇지만 속으로는 다 동의하잖아. 우리 수탉 친구는 주인의 잔인함에 반발했는데, 마리네트가 처음으로 이를 인정해줬지. 근데 주인이라는 분들이 사실 너희 부모님 아니니? 그분들은 재미없으시고, 엄격하시고, 또 종종 아이들에게 지나치게 가혹하게 구신다는 걸 알잖니?"

아이들이 자신들은 엄마 아빠를 정말 사랑한다고 말하고 싶었으나 여우는 아이들에게 틈을 주지 않았어요.

"그렇지! 가혹하고 부당하시지! 지나친 말은 아니야. 봐봐, 지난번 부모님이 너희 둘을 회초리로 때리셨잖아(여우는 되는대로 그렇게 말해봤어요). 전혀 그럴 만한 일이 아니었는데 말이야……"

"그땐 정말 억울했어, 그건 맞아."

마리네트가 말했어요.

"거봐, 너희도 아는구나! 내 말이! 부모님은 아이들을 힘들게 하고, 부당하게 대하면서도 재밌어하신다고! 부모님은 숲에 산딸기가 열린 걸 아시면서도 너희를 학교에 보내신단 말이지……"

"그것도 맞아!"

"그리고 좀 이따 너희가 학교를 빼먹은 걸 알게 되면 부모님은 또 너희에게 매를 들고 맨 빵만 주시겠지."

아이들은 자신들이 받게 될 벌을 떠올리면서 코를 훌쩍거렸어요. 여우가 말을 이어나갔어요.

"부모님은 분명 아실 거야. 다른 부모님들이 이미 알려줬을 테니 말이야. 부모님들은 서로 막 편들고 그러시잖아. 알지? 부모님들끼리는 서로서로 통하거든. 그러니 부모님들에겐 본때를 보여줘야 해. 마당에 수탉도, 씨암탉도 더 이상 없다면, 그제야 부모님들은 아이들이 자신들에게 끝내 지쳐 나가떨어지지 않도록 좀더 합당하게 대해주시겠지."

아이들은 무척 동감했지만 수탉의 계획을 도와주겠다고 약속하기엔 망설여졌어요. 여우는 대답을 재촉하지 않았어요. 아이들의 동의를 받기 전에 여우는 수탉과 함께 마을 쪽으로 길을 나서면서, 자신의 부탁을 거절해본 적 없는 까치 할멈을 찾아갔어요.

"들판을 지나서 마을의 호두나무 집까지 날아가. 거기서 부모님께 델핀과 마리네트가 숲에서 산딸기를 따느라 학교에 안 갔다고 일러바쳐. 실수하지 마. '델핀'과 '마리네트'야, 알았지!"

모든 일은 여우가 말한 그대로였어요. 집에 돌아온 아이들은 엄마 아빠에게 혼나 매를 맞았고 식사로는 맨 빵만 먹게 됐어요. 엄마 아빠가 말했어요.

"알프레드 삼촌께 멋지게 편지를 쓸 수 있을 때까지 배우려면, 학교를 빼먹어선 안 되지!"

여하튼 결국엔 엄마 아빠의 말이 맞아요. 다른 때라면 아이들도 엄마 아빠 말을 처음부터 인정했을 거예요. 그런데 아이들이 물과 빵뿐인 점심을 먹는 동안, 엄마 아빠는 마침 오전에 자동차에 치인 닭을 요리해 먹게 되었죠. 운이 나빴어요. 델핀과 마리네트가 닭구이를 바라보며 냄새를 맡다가, 여우가 했던 말이 생각났어요. 원망스러운 마음이 들자, 뉘우치던 마음은 아이들에게서 싹 달아나버렸어요.

"난 닭고기 좋아하지 않아. 그러니 빵만 먹어도 불만 없어."

마리네트가 아무렇지도 않은 듯 말했어요.

"난 도무지 이해가 안 돼. 어떻게 닭고기를 먹을 수 있어. 얘네들이 얼마나 착한데."

처음엔 엄마 아빠도 웃으며, 아이들은 닭고기를 좋아하지 않는 편이 더 나을 거라고 말했어요. 닭이 부족했으니까요. 하지만 아이들이 부당함에 대해 이야기하자 엄마 아빠는 대뜸 화를 냈어요.

"너희에게 오늘 저녁에 먹일 닭 날개와 닭 다리를 따로 남겨뒀단다. 그런데 그렇게 이야기하니 너희는 계속해서 맨 빵만 먹어도 되겠구나. 그러면서 배우는 바가 있겠지."

델핀과 마리네트는 울고 싶었어요. 그렇지만 눈물을 보이진 않았죠. 식사 후에 아이들만 마당에 남았을 때, 아이들은 부모님에 대한 불만을 이야기했어요. 마리네트가 말했어요.

"아무튼 방금 전 여우 말이 맞았어. 여우가 우리한테 미리 이야기해줬는데."

"여우는 우리 엄마 아빠를 잘 아는 거 같아."

"여우가 말한 거 기억나? 엄마 아빠는 부당한 상황을 재미있어하신다고."

"엄마 아빠가 고약하신 건 맞아. 만약 우리를 잡아먹을 수만 있다면 분명……"

아이들은 흥분했고 올바른 결론을 전혀 내릴 수 없었어요. 아이들은 함께 푸른 금빛 깃털을 가진 농장의 다른 닭을 찾으러 갔어요. 그리고 그 닭에게 미리 준비해둔 엄청난 거짓말을 하고 말았어요.

"수탉아, 슬픈 소식을 하나 전하러 왔어. 일요일에 마을에 큰 축제가 열릴 거야. 그런데 엄마 아빠가 모든 암탉, 어린 닭, 수탉 모두 잡아서 요리하기로 결정하셨대. 가난한 사람들에게 닭 요리를 대접하고 싶어서 그러신 거래. 엄마 아빠는 축제가 근사할 거라고 말하지만 너희 때문에 우리는 너무 슬플 것 같아."

아이들은 학교 가는 길에 만난 모든 닭들도 멈춰 세우고 같은 거짓말을 해댔어요. 이 엄청난 사태에 대한 소문이 오후쯤에는 모든 닭장에 퍼졌어요. 검은 수탉이 자유를 외치며 마을을 돌 때쯤엔 반신반의하던 동료 닭들에게도 뜻을 전할 수 있었지요.

다음 날 아침, 농장의 집들이 잠에서 깰 무렵 마을의 모든 닭이 작별의 노래와 희망의 찬가를 부른 뒤, 자기 가족들을 데리고 약속 장소인 키 큰 보리밭을 향해 갔어요. 바로 거기서 이 대단한 모험이 시작될 것이었죠. 숲속 연못에서 이야기를 들은 수십여 마리의 새끼 오리와 햇병아리들을 셈하지 않더라도 650여 마리에 이르는 큰 무리였어요. 작고 검은 수탉은 가슴 깃털을 전날보다 더 한껏 부풀린 채, 자신을 따르는 무리들이 엮어 만들어준 월계수 잎 왕관을 푸른빛 머리에 쓰고 앞장섰어요. 그런데 바로 이 월계수 잎 왕관이 죽음을 예견하는 불길한 징조였던 것이죠.

숲속 깊은 곳에 이른 닭들은 얼마 되지 않아 곧 자유의 대가를 크게 치를 거라고 수군거렸어요. 여우는 손님들을 지극히 따뜻하게 맞았고 모든 무리의 우두머리와 형제의 맹세를 나눴어요. 그리고 닭들의 숲속 생활이 안락하고 편안하도록 애쓰면서도 자신의 능변으로 온갖 수단을 다 써가며 이곳을 닭들의 천국으로 믿게 했어요. 그런데 그동안 하루가 멀다 하고 매일 어린 닭이나 수탉, 암탉이 동시에 사라지거나 그 이상으로 닭들이 사라지는 일이 일어났어요. 한편 전에 없이 훤해진 여우의 낯빛과 통통해진 볼, 윤기 나는 털, 그리고 불룩해지는 배를 알아보는 건 어려운 일이 아니었어요.

반면 월계관을 쓴 검은 수탉은 매일 점점 더 근심스러워져서 여우에게 불만을 감추지 않았어요. 처음에 여우는 닭들의 실종에 자신은 아무런 책임이 없는 듯 발뺌했어요.

"족제비와 담비가 내게 한 맹세를 배신했지만, 내가 바로 잡을게."

그러던 어느 날, 마침내 여우는 자신의 만행을 자백해야만 했어요. 피 묻은 주둥이에 그만 암탉의 깃털이 붙어 있었기 때문이지요.

"한 번쯤은 내가 엄한 모습을 보여줘야만 했어. 내가 잡아먹은 암탉은 마음씨가 아주 못됐거든. 그 암탉은 말썽을 일으키려 했다고. 이따금씩 본보기로 한 마리에게 엄한 벌을 주는 것은 좋아."

여우는 수탉에게 말했어요.

나중에 수탉은 여우가 닭을 하루에 세 마리나 마구 잡아먹은 증거를 잡게 되었어요. 그것에 대해 비난을 듣게 된 여우가 뻔뻔스럽게 대답했어요.

"맞아, 사실이야. 하지만 내가 그 점을 매우 애석해하는 거 알지? 새로운 규칙이 정해질 때까지 나는 무리의 조화를 해치는 가장 못생기고 가장 멍청한 암탉들을 하루에 두세 마리씩 잡아먹을 거야."

수탉은 그리 쉽게 속는 멍청이가 아니었어요. 하지만 이 일을 처음부터 앞장서서 시작한 터라, 친구들을 잘못된 길로 들어서게 했다고 밝힐 수가 없었어요. 그렇다 보니 오히려 수탉은 닭들을 안심시키려 애쓰면서, 가증스러운 여우의 범행을 담비와 족제비의 소행으로 떠넘기려 했어요. 수탉이 말했어요.

"기다려, 인내심을 가져야 해, 이건 넘겨야 할 고비야. 우리에게 이빨이 돋을 날이 멀지 않았어. 우리가 진짜 숲의 주인이 될 거야."

델핀과 마리네트는 되도록 자주 숲에 놀러 왔어요. 하지만 수탉은 여우의 보복이 두려워 이 걱정거리를 아이들에게 이야기하지 못했어요. 아이들은 수탉이 침울해하는 것을 분명히 느꼈지만, 이 우울함은 영광을 얻기 위한 노력의 과정이라 생각했고 진실에 대해 아무런 의심도 품지 않았어요. 아이들은 닭을 먹을 수 없게 된 엄마 아빠를 골탕 먹인 것에 대해 재미있어했어요.

그러던 어느 날, 여우는 자기 부모님을 대접하는 큰 잔치를 벌이면서 병아리와 아기 오리를 빼고도 닭 열두 마리를 잡기로 했어요. 아이들은 수탉이 울고 있는 것을 봤어요. 수탉은 결국 이 사실을 아이들에게 이야기했어요. 결국 아이들은 나쁜 행동으로 벌어진 수치스럽고 후회스러운 이야기를 알게 되었죠. 마리네트는 울면서 말했어요.

"수탉아, 오늘이라도 닭장으로 돌아와야 해."

"너희 모두, 우리와 함께 돌아가자. 내가 지나간 일에 대해 닭들에게 말할게."

그러나 덤불숲 속 나뭇가지 사이에 그들의 패거리와 함께 있다가 대화를 다 엿들은 여우가 불쑥 나타났어요. 여우는 이제 예전의 상냥한 그 모습이 아니었어요. 여우의 귀는 쫑긋거렸고 험상궂은 표정으로 바드득거리며 이를 갈았어요. 여우는 소리쳤어요.

"천만에! 두 꼬마 녀석이 내 밥을 빼앗겠다고! 호기심이 지나치군! 말이 너무 많은데 말이야! 너희 부모님께 알린다고 큰소리치지는 못할 거야! 나와 내 친구들이 너희를 잡아먹어버리고 말 테다!"

아이들은 울기 시작했어요. 그리고 있는 힘을 다해 숲의 바깥으로 뛰었어요. 다행히도 여우와 그 패거리들은 잔치를 좀 전에 마친 터라, 배가 부르고 몸이 무거워서 아이들을 잡지 못했어요. 아이들은 숨을 내쉬며 들판 끝에 있는 아카시아나무로 기어올라갔어요. 그러고는 큰 소리로 엄마 아빠에게 자신들을 구해달라고 소리쳤어요. 사람들은 아이들과 그때까지 남아 있던 470마리의 닭을 데리고 마을로 돌아올 수 있었답니다.

델핀과 마리네트는 엄한 벌을 받았어요. 아이들은 거짓말하는 것과 엄마 아빠의 말을 거역하는 것이 얼마나 엄청

난 잘못인지 깨닫게 되었어요. 닭들에게 내려진 벌도 너무나 가혹했어요. 그제야 정신을 차린 닭들은 주인에게 먹히는 것보다 더 확실한 행복은 아무것도 없다는 걸 받아들이게 되었어요.

작고 검은 수탉은 닭장으로 결코 돌아올 수 없었어요. 왜냐하면 여우가 배신에 대한 벌로 수탉을 피가 나도록 물어뜯어버렸기 때문이에요. 사람들이 피 흘리는 수탉을 거둘 때까지도 수탉의 몸은 여전히 따뜻했어요. 수탉은 포도주 소스에 조려져 영광의 월계수 잎이 뿌려진 채 주인에게 먹히고 말았답니다.

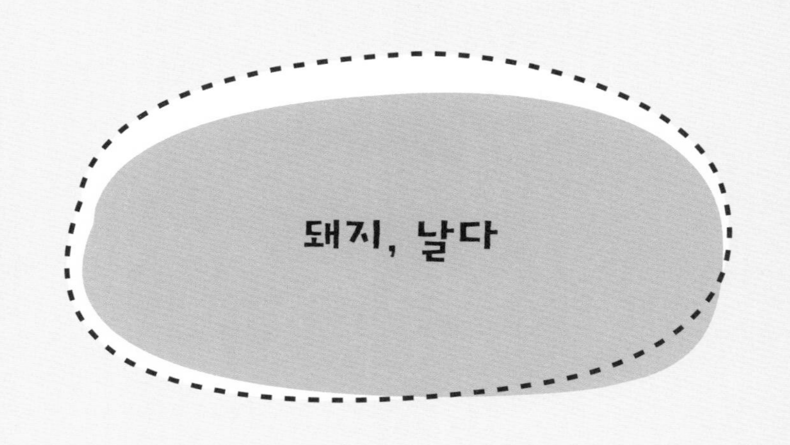

돼지, 날다

참나무 몸통 위에 얹어놓은 긴 널판 위에서 델핀과 마리네트는 시소를 타고 있었어요. 한쪽이 땅에 닿고 다른 한쪽이 높이 솟을 때면 세상은 좀더 크게 보이곤 했어요. 마리네트는 약간 겁이 났어요. 그런데도 마리네트는 닭장 입구에서 자신을 바라보고 있는 하얀 암탉에게 손을 흔들며 웃어 보였어요. 하얀 암탉은 두 아이들을 무척이나 좋아하는 아주 착한 친구였거든요. 암탉은 우정 어린 마음으로 아이들이 노는 것을 즐겁게 바라보며 닭장 문 앞에 있었어요. 다른 닭들은 안에 들어가 있었고요. 농장 마당 위 하늘 높이 날고 있는 솔개 때문이었죠. 솔개는 어리숙한 닭 한 마리를 발톱으로 낚아채 근처 숲에서 먹으려고 덤벼들 태세를 갖추고 있었어요. 하얀 암탉은 수시로 불안해하며, 머리를 들어 하늘을 바라보았어요. 날갯짓을 멈추고 커다란 날개를 펼친 솔개는 마당 위에서 원을 그리며 가까이 다가오고 있었어요. 솔개는 하얀 암탉을 보고는 먹음직스럽다고 생각했어요.

시소를 타는 두 아이를 바라보는 동물 중에는 당나귀, 고양이 그리고 70킬로그램이나 나가는 돼지도 있었어요.

당나귀는 시소의 움직임을 따라 이쪽저쪽으로 고개를 움직이면서 별생각 없이 몸을 흔들고 있었지요. 당나귀도 친구인 델핀과 마리네트가 즐겁게 노는 것을 보고 기분이 좋아져서, 이를 환히 드러낸 채 웃고 있었어요.

고양이는 우물 돌담 위에서 졸다가 이따금씩 눈을 뜨고는 아이들을 바라보았고, 가르랑가르랑거리며 다시 잠들곤 했어요.

그런데 돼지는 넓적하고 처진 귀를 움직이며, 화난 눈초리로 시소를 쳐다보면서 마당 구석 정원의 울타리에 기대 있었어요. 이 돼지 녀석은 항상 좀 거칠게 굴었지만 사실 아주 착한 친구였어요. 돼지는 기분 나쁠 때만 빼면 나무랄 데가 없었는데, 화가 날 때는 보고 듣는 모든 것에 이러쿵저

러쿵 잔소리를 해댔거든요. 돼지의 즐거움은 아침부터 저녁까지 잔소리하는 것이었어요. 농장에서 돼지의 잔소리에 괴롭힘 당해보지 않은 동물은 하나도 없었어요. 시소 때문에 기분이 언짢았는지 돼지는 울타리 안에서 계속해서 투덜대고 있었어요.

"허, 겨우 생각해낸 게…… 저거야? 저렇게 웃고 떠드는 걸 뭐 같다 해야 하지? 무엇보다 저 시소는 내 것이기도 한데, 정작 탄다면 내가 타야 하는 거 아닌가……" 그러고 나서 돼지가 소리쳤어요. "이봐! 계속 더 탈 거야? 나도 시소 좀 타고 싶다고!"

델핀은 돼지가 자기들에게 말하고 있다는 걸 알았지만, 마리네트는 너무 크게 웃느라 돼지의 말을 들을 수 없었어요. 정오의 태양이 내리쬐고 있었어요. 털이 뜨거워진 당나귀는 그늘을 찾아 집 담벼락에 기대 있었어요. 그런데 기다란 귀 덕분에 당나귀는 부엌에서 엄마 아빠가 주고받는 대화를 듣게 되었답니다. 엄마 아빠는 이렇게 말했어요.

"이제 잡아도 되겠어. 이미 70킬로그램이나 나가잖아. 더 이상 둘 이유가 없지."

"좀더 기다려볼 수도 있을 거 같아…… 하긴 절여둔 돼지비계가 더 이상 많이 남아 있진 않으니……"

"기껏해야 일주일 치 남았잖아. 내 생각엔 더 기다릴 것 없이 내일 오전에 잡도록 하지."

당나귀는 이해하기 힘들었지만 이어 엄마 아빠가 계속해서 순대와 소시지 이야기를 하며 입맛을 다시자, 의심할 것도 없이 돼지 이야기란 걸 알았어요. 당나귀는 그만 울기 시작했는데, 너무 크게 흐느끼는 바람에 그만 온 마당에까지 소리가 들렸어요. 당나귀의 눈물을 본 아이들은 시소를 멈추고 당나귀에게 슬퍼하는 이유를 물었어요.

"아무것도 아니야." 당나귀는 대답했어요. "꽃가루 알레르기 때문인가 봐. 눈이 좀 따끔거리네. 그뿐이야."

그런데 한쪽 구석에 있던 돼지가 머리를 내저으며 입속말로 중얼거렸어요.

"알레르기 있는 당나귀 한 마리 때문에 이렇게 시끄럽다니! 두 말괄량이 녀석, 쟤네는 멈추지도 않고 계속 타네!"

그러는 동안, 솔개는 점점 더 낮게 날고 있었어요. 솔개의 그림자가 몇 번씩이나 하얀 암탉과 시소 사이를 지나갔어요. 당나귀는 우물 돌담 위에서 자고 있는 고양이를 깨우러 갔어요. 당나귀는 고양이 귀에 대고 속삭였어요.

"방금 전 내가 무슨 말을 들었는지 알아? 햄이랑 순대를 만들려고 내일 오전 돼지를 잡을 거래."

그러나 고양이는 이 소식에 놀라지도, 흥분하지도 않은 것 같았어요. 마치 듣지 못한 것처럼 보였죠. 당나귀가 말했어요.

"이봐, 일어나봐. 내가 방금 전 듣기로는……"

"어! 그래! 사람들이 내일 오전 돼지를 잡는다고? 네가 좀 전에 말한 이야기 다 들었어. 안타깝지만 어쩌겠어? 그게 모든 돼지의 운명인걸. 할 수 있는 게 아무것도 없잖아."

"그래도 혹시 알아? 난 두 아이들에게 말해볼까 해."

당나귀가 말했어요.

"만약 누군가 알아야 한다면, 돼지가 먼저 알아야 하지 않을까 싶어. 넌 돼지에게 가서 이 소식을 전해. 그동안 내가 델핀과 마리네트에게 가서 말할게. 그리고 하얀 암탉에게도 말해볼게. 암탉에게 좋은 생각이 있을지도 모르잖아."

고양이가 신중하게 충고했어요.

고양이가 우물가를 떠나 시소 쪽으로 가는 동안, 당나귀는 돼지에게 갔어요. 당나귀는 돼지에게 무슨 얘기부터 꺼내야 할지 몰라 어색한 미소를 지으며 말했어요.

"날씨가 계속 좋네."

돼지는 대답 대신 등을 돌렸어요. 당황한 당나귀는 잠시 가만히 있었어요. 그러고는 다시 이야기했죠.

"있잖아, 말할 게 있는데…… 그게 좀 말하기가……"

"이봐, 날 좀 내버려 둬. 조용히 하란 말이야. 네 수다는 안 들어도 될 거 같은데!"

그러자 당나귀는 한숨을 내쉬며 말했어요.

"불쌍한 돼지야, 만약 네가 알게 된다면…… 음, 그래도 너한테 알려줘야 할 것 같아……"

이렇게 말하고 있는데, 엄마 아빠가 창가로 와서 고양이, 하얀 암탉과 이야기 중인 두 아이에게 점심을 먹으라고 불렀어요. 아이들이 빨리 오지 않자 엄마 아빠는 소리쳤어요.

"어서 와라! 빨리! 햄이 식겠어!"

당나귀는 아이들을 위한 식사로 돼지고기 햄이 준비되었다는 말에 민망해져서, 고개를 숙인 채 돼지의 귀에 대고 중얼거렸어요.

"재네를 용서해줘. 재네들은 자기 부모님이 주는 걸 먹을 수밖에 없잖아. 안 그래? 그리고 재들은 뭔지도 잘 안 따져 보고……"

"근데 뭐라고 중얼대는 거야? 네 이야기는 정말 지루해!"

"햄에 대한 이야기인데도!"

"햄? 무슨 햄? 어허, 머리가 어떻게 된 거 아냐! 이제야 시소가 비었네, 내 차례가 왔으니 놀 수 있겠다……"

"잠시만! 너한테 말하려던 게……"

그러나 돼지는 벌써 시소를 향해 짧은 다리로 달려가고 있었어요. 당나귀는 빠르게 돼지를 따라가려다가 고양이와 암탉에게 돌아와 한숨을 몰아쉬며 말했어요.

"저 불쌍한 돼지는 아직 아무것도 몰라."

돼지는 널판 끝에 앉았어요. 돼지는 꿀꿀거리며 사방으로 흔들어댔으나 시소는 움직이지 않았어요. 돼지를 둘러싼 세 동물 친구들은 돼지를 안쓰럽게 쳐다보고 있었어요. 작고 하얀 암탉은 이제는 지붕을 스칠 정도로 낮게 날고 있는 솔개를 잊고 있었어요. 그런데 갑자기 돼지가 소리쳤어요.

"아, 이런 바보같이! 이걸 생각 못 하다니, 시소를 타려면 둘이어야 하잖아!"

바로 그때, 부엌 쪽에서 커다란 목소리가 들려왔어요. 엄마 아빠가 두 아이들을 혼내고 있었죠. 엄마 아빠는 말했

어요.

"햄을 먹든지 아니면 그냥 가서 자! 이런 변덕을 부리다니, 대체 무슨 일이야!"

델핀과 마리네트의 목소리가 너무 작아서 대답은 잘 들리지 않았지만 엄마 아빠는 다시 다그쳤어요.

"우리가 너희랑 같이 놀라고 살찌워 키우는 줄 알아? 아니지, 아니고말고! 내일 아침이면 돼지는……"

그러자 그때 돼지가 그다음 말을 듣지 못하도록 옆에 있던 당나귀는 히이잉 울었고 하얀 암탉은 꼬꼬댁, 고양이도 야옹 하고 울었어요. 부리 밖으로 혀를 내밀고 입맛을 다시며 아주 낮게 날고 있던 솔개는 그만 그 소리에 깜짝 놀라 날갯짓을 푸덕이며 지붕보다 더 높이 날아올랐어요. 그러면서도 먹이를 잡아채겠다는 희망을 버리지 않은 채, 계속해서 마당 위를 빙빙 돌고 있었어요. 그때 돼지가 말했어요.

"이렇게 야단법석을 떨다니, 멍청이들아! 부엌에서 주인님이 내 이야기를 하려는 순간에 갑자기 그렇게 소리를 지르니까 그다음 이야기를 놓쳤잖아!"

당나귀가 크게 한숨을 쉬자 고양이 수염이 바르르 떨렸어요. 하얀 암탉은 눈물을 감추기 위해 가슴 깃털에 고개를 박았고요. 그러자 고양이는 털을 흔들어 세우며 한 발짝 앞으로 나아가, 당나귀가 부엌 창가에서 듣고 놀랐던 이야기를 전부 들려주었어요. 고양이는 동정 어린 마음에서 아직은 아무것도 잃은 게 없다고 모두를 안심시키려 했지만, 그런 희망의 말은 누구도 믿지 않았어요.

돼지는 정말 훌륭한 녀석이었어요. 다른 동물들이라면 크게 울부짖거나 화가 나서 거친 말을 내뱉었을지도 모르죠. 그런데 돼지는 널판 끝 쪽에 앉아 침착하게 고양이의 말을 들었어요. 돼지의 첫마디는 자신에게 도움을 주려 했던 친구들에게 건네는 감사의 인사였어요. 그다음에, 돼지는 각자의 의견을 물었어요. 당나귀는 주인님에게 시간을 좀 더 달라고 부탁해보라고 조언했어요. 하지만 돼지는 주인님의 불신만 더 키울 거라고 판단했어요. 돼지는 밤이 되기를 기다렸다가 이웃 숲으로 도망가는 것이 가장 현명한 방법이라고 생각했어요. 그러면 돼지가 농장에 머물 때보다 분명 더 죽을 위험이 높아질 거라고 고양이가 주의를 주었어요. 숲속에 겨우 몇 발자국만 들여놓아도 늑대가 돼지를 잡아 갈기갈기 조각내서 잡아먹어버릴 것이기 때문이에요. 돼지는 한숨지었어요.

“그럼 햄이 되는 걸 피할 수 있는 방법이 없잖아. 말하고 싶은 게 많지만 슬프구나. 무엇보다 가장 고통스러운 건, 델핀과 마리네트가 나를 먹을 수밖에 없다는 거야……”

당나귀, 하얀 암탉과 심지어는 돼지와 조금도 친한 적 없었던 고양이도 이런 말을 들으니 훌쩍이지 않을 수 없었어요. 돼지는 동물 친구들이 얼마나 괴로워하는지 알아차리자 더는 그들을 슬프게 하지 않으려고 웃으면서 말했어요.

“여하튼 잘될 거라 믿어. 두고 봐. 기다리면서 시소나 탈래. 너희 중 시소 저쪽 끝에 앉을 친구 누구 없니?”

당나귀가 말했어요.

“그러고 싶지만 나는 너무 커서 시소에 앉기가 힘들어.”

이번엔 고양이가 말했어요.

“난 그렇게 무겁지는 않아. 너 70킬로그램 나가잖아!”

“이런!” 돼지는 한숨을 쉬었어요. “내가 덜 뚱뚱했다면 좋았을 텐데. 이제야 알게 되다니.”

그때 아무 말도 없이 작고 하얀 암탉이 시소에 올라탔어요.

“뭐 하려고? 너는 나보다 훨씬 더 가볍잖아.”

“잘 봐.”

그러더니 작은 암탉은 있는 힘껏 온몸에 힘을 주었어요.

돼지는 매우 착한 친구였기 때문에 암탉은 돼지를 쉽게 들어 올릴 수 있었어요. 시소 한쪽이 들리더니 두 쪽 모두 같은 높이로 평행을 이루었어요. 당나귀는 꿈인지 생시인지 확인하려고 자기 귀를 깨물어보았지요. 고양이도 당나귀만큼이나 놀랐어요. 상황이 너무 놀라워서, 그사이 솔개가 시소 위에 그림자를 드리우며 다가오고 있는 것에 아무도 주의를 기울이지 못했답니다. 하얀 암탉이 좀더 무거워지도록 힘을 가하자 돼지 쪽이 더 올라가기 시작했어요. 그러고 나서 또 천천히 내려앉았다가 다시 오르고, 다시 내려앉기를 5분 넘게 계속했어요. 여태껏 이 정도로 재미있던 적이 한 번도 없었던 돼지는 너무 신나 큰 소리로 웃음을 터뜨렸어요. 물론 작은 암탉으로서는 매우 힘든 일이었지요. 돼지가 시소 위로 매우 높이 올라가고 암탉이 내려앉았을 때, 암탉은 더 이상 아무 무게도 나가지 않는 듯 힘이 모두 빠져나가버리는 것 같았어요. 바로 그때였어요. 솔개가 먹잇감을 잡아채려고 시소 위로 돌진해 날아들었어요. 솔개는 자신의 식탐을 후회할 만한 모험을 하고 만 것이죠. 더 이상 균형을 이루지 못한 시소가 갑자기 무거운 돼지 쪽으로 내려앉았어요. 그래서 널판의 반대쪽 끝이 들리면서, 있는 힘껏 날아들던 솔개의 머리를 들이받고 말았어요. 솔개는 그만 정신을 잃고 땅바닥에 떨어졌죠. 그제야 작은 암탉은 위험을 알아차리고 마당을 뛰어다니면서 꼬꼬댁 소리치기 시작했어요.

"살려줘, 솔개가 날 잡아먹으려 해! 여기 바닥에서 날개를 푸덕이고 있다고! 다시 못 날게 해야 해!"

사실 솔개는 조금 전 충격에서 이미 정신을 차렸고, 화가 바짝 나서 암탉을 노려보고 있었어요. 다행히도 그때 당나귀와 돼지가 달려왔어요. 당나귀와 돼지는 솔개의 날개 한 짝씩을 붙잡고 아주 세게 잡아 뜯어 입에 물고 있었어요. 솔개는 처량해 보였어요. 더 정확히는 반쪽만 솔개인 꼴이었죠.

"내 날개를 돌려달라고! 너희는 내 날개를 가질 권리가 없어!"

솔개는 노발대발해서 소리쳤어요.

솔개는 마구 외쳐대면서 커다란 갈고리 모양의 부리로 당나귀와 돼지를 쪼아댔어요. 떠들썩하게 소란을 피워대는 통에 짜증 난 고양이는 바로 솔개의 입을 다물게 했어요.

"네가 좀 똑똑했다면 이렇게 소란을 떨진 못할 텐데. 아

줌마 아저씨가 식사를 다 해가는데, 네 소리를 분명 들으시겠지. 아줌마 아저씨가 마당에 들어와서 바로 너를 방망이로 때려눕히실 거야. 그러니 아직 두 다리가 남아 있을 때 울타리 너머로 도망가는 게 좋을걸. 숲으로 가서 새 날개가 돋기나 기다리면서 말이야. 단 1분이라도 지체한다면, 더 흉한 꼴을 보게 될 테니 그리 알아."

솔개는 그제야 내뱉던 말을 억누르며 울타리 쪽으로 냉큼 달아났어요. 솔개는 뛰는 것에 전혀 익숙하지 않았지요. 깃털은 반쯤 빠진 채 절뚝거리며 뛰어가는, 크고 앙상한 새의 모습은 참으로 측은했어요. 당나귀는 이 모습이 너무 안쓰러워 돼지에게 부탁했어요.

"아무래도 날개는 돌려줘도 될 거 같아. 이런 수모를 겪었으니 우리 농장 근처에서 어슬렁거리는 건 생각도 못 할 거야."

그러자 돼지도 끄덕였어요.

"그래, 나도 그러고 싶어. 좀 전에 우리가 솔개를 아프게 한 걸로 충분히 벌은 받았다고 생각해. 야옹아, 너는 어떻게 생각해?"

"어! 별문제 없을 거 같아. 암탉아, 결정은 네가 해……"

울타리를 향해 가던 중, 이 이야기를 들은 솔개는 자신의 두 날개를 돌려받을 수 있을까 하고 슬금슬금 멈춰 섰어요. 일이 다 결정됐나 했는데 그건 그저 환상이었어요. 하얀 암탉이 솔개에게 소리쳤어요.

"기다려봐야 소용없어! 당장 숲으로 꺼지지 못해! 안 그러면 주인님을 부를 거야."

솔개는 투덜거리며 다시 길을 떠나 울타리 쪽으로 사라졌어요. 당나귀와 돼지는 암탉이 좀 가혹하다 생각하며 원망하고 있었어요. 그런데 하얀 암탉은 눈을 찡끗하며 말했어요.

"내가 솔개의 날개를 돌려주지 않은 건 다 생각이 있어서야…… 고양이는 분명 눈치챘을 텐데…… 그래도 저기 아이들이 있으니 우리가 가서 이야기해보자."

델핀과 마리네트는 학교에 가느라 팔에 가방을 걸친 채 집을 나서고 있었어요. 아이들이 돼지를 쓰다듬는 동안 암탉은 아이들에게 자신의 계획을 알려주었어요. 아이들은 말했어요.

"좋은 생각이야. 그런데 어렵긴 하네. 우리가 학교에서 돌아오는 길에 흰 소에게 말해볼게."

흰 소는 아주 어려운 책도 척척 읽을 줄 아는 정말 똑똑한 소였어요. 그는 기분이 좋을 때면 곤경에 처한 동물 친구들에게 종종 조언해주곤 했어요. 그런데 최근 흰 소가 수학 문제를 풀지 못하고 있어서 상황이 좋진 않았어요. 그래도 델핀과 마리네트는 면박당하지 않고 소에게 말을 건넬 수 있었어요.

둘은 흰 소에게 말하기 위해 서둘러 돌아오겠다고 돼지에게 약속한 뒤 학교로 향했어요. 그렇지만 수업에 대해서는 전혀 생각하지 않았고, 델핀은 무척 걱정스러워 보였어요. 마리네트가 물었어요.

"계획이 실패할까 봐 걱정되는 거야?"

"아, 아니! 그 반대야! 오히려 계획대로 너무 잘될까 봐 걱정인걸. 봐봐, 난 우리가 돼지를 구하는 게 정말 맞는 건지 고민돼……"

"그렇다고 돼지가 토막 나서 소금에 절여지는 걸 바라는 건 아니잖아!"

"그래. 알아. 돼지에게는 안된 일이지. 하지만 우리에겐 아닌걸. 어쨌든 돼지를 먹으려고 키우는 거잖아. 돼지가 자신의 운명을 거스르고 달아난다고 생각해봐. 엄마 아빠는 무척 난처하실 거야. 거의 끼니마다 먹는 돼지비계를 어디서 구해? 동물들을 위하는 것도 좋지만 너무 생각해줘서도 안 될 거 같아."

마리네트는 언니가 그렇게 말하는 것을 들으면서 화가 났지만 뭐라 답해야 할지 몰랐어요. 아이들은 지각할까 봐 걱정돼서 자주 다니지 않던 좁은 샛길로 접어들었어요. 그러다 초록색으로 칠해진 예쁜 집 앞을 지나가게 되었지요. 그때 그 집 문 앞에 앉아 있던, 검은 얼룩점이 있는 커다란 분홍 돼지가 아이들에게 상냥하게 말을 걸었어요.

"얘들아, 안녕? 학교 가니?"

마리네트는 대답했어요.

"응, 일찍 가진 못할 거 같아…… 근데…… 몸무게를 말해줄 수 있니? 몸이 진짜 무거워 보여."

"물론이야. 몸무게를 재지 않은 지 오래됐어. 내 기억이 맞는다면 마지막에 잰 것이 136킬로그램이었단다."

"136킬로그램? 주인이 아주 착하신가 보다. 아니면 성격이 급하지 않으시든가."

"주인? 난 주인이 없는데? 그래도 난 아주 만족해…… 아, 난 부자는 아니지만 뭐 그게 무슨 소용이겠니? 이 작은 집과 조그만 밭이 있고, 말 잘 듣는 착한 아이가 있고. 그거면 내겐 충분해. 조용한 삶에 이 정도면 됐지."

그때 볼살이 통통하고 몸집 큰 소년이 어깨에 삽을 걸쳐 메고 집에서 나왔어요. 소년이 아이들에게 인사했어요. 돼지가 소년에게 말했어요.

"바티스트야, 내가 먹을 도토리가 아직 많이 남아 있는지 확인해봤니?"

"네, 주인님. 방금 봤어요. 사나흘 치 정도밖에는 안 남아 있어요…… 좀 아껴 드신다면 한 일주일 정도……"

"아껴 먹으라고?" 돼지는 투덜거렸어요. "세상에나, 아주 잘됐군! 일주일 후면 입에 넣을 도토리 하나 없다는 거잖아? 나와 약속한 건 기억하고 있겠지? 네가 그러자고 했잖아. 때맞춰 도토리를 구해 오지 못하고 게으름을 피웠으니 어떻게 해야 하지?"

바티스트는 고개를 숙이고 눈물을 닦으며 자리를 떠났어요. 아이들은 자신들이 보고 들은 광경이 너무 놀라워 학교에 가야 한다는 사실을 잊어버렸어요. 뚱뚱한 돼지가 아이들에게 말했어요.

"매년 같은 방식으로 나를 놀린다고! 이젠 나도 질렸어."

"불쌍하기도 해! 일부러 그런 건 아닐 거야…… 그저 실수일 수도…… 조금만 더 참아봐."

델핀은 소리쳤어요.

"어, 그래! 좀 참아보라고. 올해는 잡아먹지 말아줘."

마리네트도 간청했어요.

"잡아먹어?" 뚱뚱한 돼지는 소리쳤어요. 이번엔 오히려 돼지가 놀라서 눈을 크게 떴어요. "잡아먹는다고? 그런 생각을 한 번도 해본 적 없어! 그냥 도토리가 부족하면 보름치 디저트를 뺏겠다고 협박했을 뿐이야. 하지만 뭐, 내가 워낙 착해서 차마 벌줄 용기가 안 날 거야. 벌을 받아야 마땅하다는 건 너희도 인정하겠지만 말이야."

아이들은 그 점에 대해서는 순순히 인정했어요. 그런데 마리네트가 한 말을 되새기던 뚱뚱한 돼지는 껄껄 웃으며 다시 말했어요.

"푸하하! 잡아먹는다고…… 너희도 참, 어떻게 그런 생각을! 불쌍한 바티스트! 아! 이 아이가 먹음직스럽지 않은 건 아니야. 오히려 그 반대이지. 난 내가 좋아할 만한 요리법도 몇 가지 생각해봤어…… 내게 큰 돈벌이가 될 거란 생각은 둘째 치고, 단지 입맛만 따졌다면 가장 친한 친구들도 잡아먹었을지 몰라. 그런 결정을 하느니 나는 배고파 죽는 게 차라리 더 낫겠어!"

델핀은 아까 동생에게 했던 이야기 생각에 얼굴이 빨개져서, 어서 수업을 가야 할 때라고 말했어요.

"흰 소랑 의논할 수 있게 빨리 돌아가야겠어."

델핀이 덧붙였어요.

우선 아이들 둘만 외양간에 들어갔어요. 돼지와 당나귀, 고양이와 하얀 암탉은 마당에서 기다리고 있었어요. 델핀이 말했어요.

"흰 소야, 너한테 물어볼 게 있어."

"너희는 운이 좋구나. 조금 전 내가 고민했던 문제의 답을 찾았거든."

흰 소가 말했어요.

델핀은 자신들이 왜 소한테 왔는지를 설명했어요. 소는 모든 것을 다 듣고는 말했어요.

"아니, 이보다 더 쉬운 일은 없어! 걱정할 것 하나 없단다. 이건 내가 해결해줄 수 있는 일이니까. 하지만 더 확실하게 하기 위해 조금만 더 생각해볼게. 오늘 저녁 7시에 네 친구와 함께 와보렴. 일은 1분도 채 걸리지 않을 거야."

아이들은 흰 소에게 한참 동안 고마움을 전했어요. 외양간을 나오면서 아이들은 초조하게 자신들을 기다려준 동물 친구들을 보았어요. 델핀은 돼지에게 말했어요.

"좋아, 우리가 저녁 7시에 너를 흰 소한테 데려다줄게. 흰 소가 다 알아서 해결해줄 거야."

"아! 정말 기뻐. 이제야 너희에게 말하는데, 사실 이런 일이 가능할 거라고는 정말 기대도 못 했어."

돼지는 큰 소리로 말했어요.

6시경 밭에서 돌아온 엄마 아빠는 돼지를 찾아가더니, 돼지가 건강히 잘 자랐는지 살펴보며 오랫동안 여기저기를 만져보았어요. 다 살펴본 후 엄마 아빠는 매우 만족스러워하며 다정하게 말했어요.

"어디 보자, 시간을 헛되이 보내진 않았구나. 착하기도 하지."

"주인님의 칭찬을 들으니 정말 기뻐요. 제 건강을 위해 마음 써주시고 계속 잘 챙겨주신다는 걸 잘 알고 있어요."

아이들은 예정대로 7시에 돼지를 찾아 흰 소에게 데려갔어요. 델핀이 솔개의 날개 한 짝을, 마리네트가 다른 한 짝을 각자 들고 있었어요. 일은 아주 간단했어요. 아이들이 돼지의 등에 솔개의 날개를 붙여 다는 동안 흰 소는 자신의 꼬리를 왼쪽에서 오른쪽으로 돌리면서 라틴어로 주문을 세 마디 외웠어요. 그러자 곧 돼지 몸에는 날개 두 짝이 마치 태어나면서부터 달려 있었던 것같이 단단히 붙었어요. 그러나 솔직히 모든 것이 단번에 이뤄진 건 아니었답니다. 델핀과 마리네트가 너무 흥분한 나머지, 처음에는 날개 한 짝이 돼지의 등 쪽에, 다른 한 짝이 배에 붙기도 했거든요.

"상관없어. 실수한 건 다시 고쳐주면 되지 뭐."

흰 소는 정말이지 웃으며 말했어요.

흰 소가 다시 거꾸로 주문을 외우며 꼬리를 오른쪽에서 왼쪽으로 돌렸더니 날개가 떨어졌어요. 이제 균형이 맞는지 잘 살피며 처음대로 작업을 되풀이하기만 하면 되었어요. 돼지는 너무 행복했고 흰 소에게 어떻게 감사해야 좋을지 몰랐어요.

"너는 소들 가운데 단연코 최고야. 네가 나를 위해 해준 이 모든 일을 평생 기억할게."

"아니, 천만에! 당연한 일인걸. 혹시 지느러미라도 필요하면 언제든 망설이지 말고 와. 도와줄게."

어쨌든 참으로 친절한 호의였어요. 흰 소에게 보답하기

위해 델핀은 집에서 찾은, 아무도 이해 못 하는 어렵고 작은 책 한 권을 흰 소에게 선물했어요. 흰 소는 그 즉시 책 속에 빠져들어 탐독을 시작했기 때문에, 잘 있으라고 인사하는 것조차 듣지 못했어요.

다음 날 아침, 일찍부터 동물들과 사람들의 발치까지 햇볕이 아름답게 내리쬐었어요. 엄마 아빠는 큰 칼을 날카롭게 갈고 크기도 큰 무시무시한 도구들도 준비했어요. 하얀 암탉은 마당에서 모이를 쪼고 있었고 고양이는 우물 돌담 위에서 잠들어 있었으며 당나귀는 농장 근처에서 봄풀을 뜯고 있었어요. 모든 준비를 마치자, 엄마 아빠는 두 아이에게 말했어요.

"가서 불쌍한 돼지를 좀 풀어놓으렴. 빨리 끝내야겠다."

울타리의 문을 열어주자 돼지는 아이들에게 친근하게 인사하더니 여느 때처럼 정원의 울타리까지 쪼르르 나아갔어요. 뭔가 달라진 것 같다고 생각했지만 엄마 아빠는 별로 신경을 쓰지 않았어요. 엄마 아빠는 등 뒤에 큰 칼을 감춘 채 매우 상냥한 목소리로 돼지를 불렀어요.

"이리 오렴, 착한 돼지야. 움직이지 말고. 이리 와서 주인님께 인사해야지! 그러면 맛있는 걸 줄게."

하지만 돼지는 움직이지 않았어요. 아무리 부르고 온갖 약속을 해도 고개조차 돌리지 않았어요. 엄마 아빠가 성난 목소리로 말했어요.

"썩 이리 오라니까! 네 귀를 잡아끌어내러 우리가 가야겠니?"

돼지는 여전히 들은 척하지 않았어요. 엄마 아빠는 자신들이 말한 대로 돼지를 잡으러 직접 나서야만 했어요. 그러자 돼지가 세 발짝 다가서는가 싶더니, 주인과 닿을락 말락 할 때 새 멋진 날개를 펼치고 우아하게 위로 날아올랐어요. 엄마 아빠는 깜짝 놀라 동그랗게 눈을 뜨고 입을 벌린 채, 마당 위에서 둥근 원을 그리며 빙빙 나는 돼지를 바라보고 있었어요. 돼지는 이따금씩 날개를 푸드덕거리며 농장 굴뚝 위로 더 높이 날아올랐어요. 또 이따금씩 두 아이의 금발 머리를 휙 스칠 정도까지 내려와 낮게 날기도 하다, 어느 순간 지붕 위에 앉았어요. 엄마 아빠는 여전히 돼지가 자신들에게 돌아오리라 기대했어요.

"뭐야 이게, 이건 장난이야. 설마 이럴 수가! 우린 다 용서해줄 수 있으니 이러지 마. 우리가 널 얼마나 아끼는 줄 알잖니."

그러자 돼지가 말했어요.

“이보세요, 주인님. 마당 위를 날면서 제가 당신들이 등 뒤에 감춘 커다란 칼을 못 본 줄 아세요? 고기절임으로 내 생을 끝내느니 농장을 떠나는 게 더 낫겠어요. 잘들 있어요. 잔혹함을 버린다는 게 뭔지 배우셔야겠어요!”

친구들에게 활짝 웃어 보인 후 돼지는 날갯짓을 하며 숲 속으로 날아갔어요. 돼지는 그곳에서 행복하게 살았고, 고기절임이 되지 않은 걸 결코 아쉬워하지 않았어요. 하지만 돼지는 옛 친구들을 잊지 못했어요. 엄마 아빠가 없을 때를 틈타서 돼지는 농장에 놀러 오곤 했어요. 두 아이들과 당나귀, 고양이와 하얀 암탉에게 숲속에서 겪은 이야기를 해주곤 했지요. 또 착한 돼지는 동물 친구들에게 생명의 은인이라고 늘 감사의 인사를 하는 걸 결코 잊지 않았어요. 돼지는 몇 차례씩이나 델핀과 마리네트를 등에 태우고 구름 사이로 멋진 산책을 시켜주기도 했답니다.

웃음과 여운의 고양이 놀이

마르셀 에메를 떠올리면 파리 몽마르트르 언덕의 길모퉁이에 있는 한 남자의 동상이 함께 생각납니다. 뮤지컬로 각색되기도 한, 그의 널리 알려진 단편소설 「벽으로 드나드는 남자Le passe-muraille」(1943)의 주인공 뒤티유윌이 벽을 통과해 나올 듯 말 듯 걸쳐 있는 모습의 이 동상은 현실과 비현실을 넘나드는 기발한 상상력의 소유자 마르셀 에메 자신의 모습을 보는 듯합니다. 현실 세계에서 호흡하면서 참신한 발상과 유머를 보여주는 그의 글은 인간의 부조리를 날카로운 펜으로 문제 제기한 작가들의 글과는 사뭇 다르게 다가옵니다. 어쩌면 환상과 현실 사이, 기쁨과 슬픔이 한데 어우러진 그의 글이 우리의 다채로운 모습을 더 생생하게 드러내는 것은 아닌가 싶습니다.

『능청맞은 고양이와 동물 농장』의 서문에서 에메는 상상력이 살아 숨 쉬는 이 책을 "네 살부터 일흔다섯 살까지의 어린이를 위한 동화"라 쓰고 있습니다. 여기서 에메가 '일흔다섯 살까지'라고 쓴 건 지금으로 따지면 백 살까지, 다시 말해 우리 모두를 위한 이야기라는 의미로 볼 수 있지요. 에메의 말처럼 이 책의 수록작들은 1934년 초판본이 출간된 이후 프랑스의 초등학교, 중학교 교과서에도 실리며 현재까지 모든 세대의 사랑을 받고 있습니다. 에메를 '프랑스의 국민 작가'라 부르는 이유입니다.

이 책의 프랑스어 원제인 'Les contes du chat perché'를 직역하면 '높은 곳에 앉은 고양이 이야기'로, 프랑스 아이들이 하는 술래잡기 놀이의 이름에서 따온 것입니다. 델핀과 마리네트라는 두 여자아이들, 이들을 사랑하지만 다소 엄하게 대하는 부모, 그리고 말하는 능력을 가진 동물들이 농장에서 벌이는 끝을 알 수 없는 소동을 담고 있습니다. 에메처럼 짧은 이야기에 재능을 발휘하며 그와 어깨를 나란히 한 프랑스의 대표적 작가 기 드 모파상이 우리 삶은 얼마나 헛헛한 것인지를 송곳처럼 적확하고도 잔인하게 후벼 파주었다면, 에메는 예상하기 힘든 엉뚱한 전개로 웃음과 여운을 함께 독자에게 안겨주는 아름다운 이야기보따리를 선사합니다. 능청맞은 고양이와 돼지, 젖소, 공작, 당나귀 등 동물 친구들이 익살스럽게 벌이는 우화가 인간 세계를 비추는 거울이 되어, 진지하면서도 흥미진진한 의미로 어린아이부터 어른까지 모두에게 다가가고 있는 것인지도 모릅니다.

하지만 이 책을 보다 깊이 느끼려면 우선 동물을 이해하고 그들과 대화를 나누는 것에서 출발합니다. 에메는 1934년 초판본 서문에서 다음과 같이 말합니다.

> 제가 사과나무 아래에 앉아 있었는데, 고양이가 오더니 자신이 경험한 일을 들려주었어요. 고양이의 친구들인 두 여자아이와 함께 사는 동물들에게 일어난, 그래서 고양이만 아는 이야기였지요. 저는 고양이가 들려준 이 이야기를 『능청맞은 고양이와 동물 농장』에서 조금도 바꾸지 않았어요. 고양이는 이 책이 동물들과 여전히 대화하고 동물들을 이해할 수 있는 모든 어린이를 위한 동화라고 말하고 있답니다.*

지금도 에메가 웃음 지은 채 사과나무 아래에 앉아서 고양이와 이야기를 나누는 듯합니다. 그래서인지 그가 『허기진 자들을 위한 식탁*La table-aux-crevés*』으로 1929년 르노도상을 받은 이후 이사해서 살던 파리 몽마르트르의 집과, 그가 묻힌 몽마르트르 생-뱅상 묘지에는 고양이가 자주 보이곤 합니다. 지금은 고양이가 에메에게 어떤 흥미로운 이야기를 들려주고 있을까요?

이 책을 한번 손에 쥐게 되면 놓고 싶지 않아져서, 사람들의 눈에 띄지 않는 곳에 자리를 잡고는 하루 종일 몽상에 잠겨 따스한 웃음을 짓게 될 것입니다. 당돌하고 기발한 에메의 이야기로 행복한 책 읽기의 즐거움을 경험하길 바랍니다.

2022년 2월

김경랑 · 최내경

* Marcel Aymé, Préface de l'édition de 1934, *Les contes du chat perché*, Gallimard, 1934.

작가 연보

1902 3월 29일 프랑스 주아니에서 여섯 남매 중 막내로 태어남.

1904 마르셀 에메의 어머니가 사망하면서 프랑슈-콩테에 있는 외가에 맡겨짐.

1910 돌 중학교 입학 후 기숙사 생활을 하게 됨.

1913 인도차이나에서 군 복무 중이던 맏형이 사망함.

1918 이공계 대입자격시험에 합격함.

1919 브장송 고등학교에서 그랑제콜 준비반에 진학하나 스페인 독감으로 공부를 중단함.

1922 독일 라인강 부대에서 운전병으로 군 복무함.

1923 파리 의과대학에 등록하나 학업에 전념하지 못함. 단역 배우, 보험사 직원, 기자, 가게 점원 등 다양한 직업의 경험은 그의 다채로운 글쓰기 소재가 됨.

1925 누나 카미유의 권유로 첫 장편소설 『브륄부아*Brûlebois*』를 쓰기 시작함.

1926 『브륄부아』 출간.

1927 『왕복*Aller retour*』 출간.

1929 장편소설 『허기진 자들을 위한 식탁*La table-aux-crevés*』 출간. 이 작품으로 12월 르노도 상을 받음.

1930 파리 몽마르트르로 이사함. 장편소설 『이름 없는 거리*La rue sans nom*』 출간.

1933 장편소설 『초록빛 암말*La jument verte*』 출간 후 큰 성공을 거둠.

1934 우화집 『능청맞은 고양이와 동물 농장*Les contes du chat perché*』 초판본 출간.

1941 장편소설 『아름다운 이미지*La belle image*』 『트라블랭그*Travelingue*』 출간.

1943 단편집 『벽으로 드나드는 남자*Le passe-muraille*』, 장편소설 『뱀*La Vouivre*』 출간.

1967 10월 14일 사망. 몽마르트르 생-뱅상 묘지에 묻힘.